Y al polvo regresaremos

Y al polvo regresaremos

Ana Lucía Guerrero

Lumen

narrativa

Y al polvo regresaremos

Primera edición: septiembre, 2021

D. R. © 2021, Ana Lucía Guerrero

D. R. © 2021, derechos de edición mundiales en lengua castellana:
Penguin Random House Grupo Editorial, S. A. de C. V.
Blvd. Miguel de Cervantes Saavedra núm. 301, 1er piso,
colonia Granada, alcaldía Miguel Hidalgo, C. P. 11520,
Ciudad de México

penguinlibros.com

ISBN: 978-607-380-595-7

Impreso en México – *Printed in Mexico*

A Pilar y Víctor, por ser raíces y alas;
por todo, por siempre.

Para los Guerrero Guzmán.

Índice

CAPÍTULO I

Cuando por primera vez mi tío Cipriano escuchó a alguien hablarle en otro idioma, pensó que de plano ahora sí se le habían pasado las copas. Sabía que existía el inglés porque le habían contado que al otro lado de la frontera "los güeros" hablaban diferente, pero nunca se había enfrentado a la vorágine de Babel. Por eso enmudeció en el momento en que el policía francés, en los albores de la Gran Guerra, le pidió sus papeles en la minúscula y aterradora frontera de Irún. Con esos antecedentes de inexperiencia parecería mentira que hubiera cargado con el tesoro por la mitad del país, lo ancho del Atlántico y un buen trecho español. Aun así, el pobre tío Cipriano —que nunca ansió la aventura y la tuvo como destino— fue a dar con el ajetreo por crédulo. Porque se le hizo música la política y se embelesó en la ideología que quiso creerle a su causa y a su abanderado. Y, nada, al final estos amores se le hicieron más fuertes que cualquier miedo.

Era el segundo de cuatro hermanos. El vientre de mi abuela, como adelantándose a lo que iba a pasar en el sistema presidencial del país, se hacía fértil cada seis años. Entonces, mi tío Tomás (el mayor) le llevaba dieciocho años a Alicia (la menor y mi mamá), y entre ellos estaban Cipriancito (como al pobre le apodaron hasta en la reminiscencia forzada de su desaparición) y la tía Leonor. Ninguno de los hermanos de mi mamá tuvo descendencia conocida; sólo ella y yo. Por eso no sólo cuento con la libertad, sino que tengo la obligación de confesar esta historia que adquiere derecho a nacer ahora que todos ellos han muerto.

Mi abuela Teresa vivió con la mente entretenida y los sentimientos quietos. Yo no la conocí en físico: su cuerpo se fundió con el tiempo trece años antes de que el mío respirara por primera vez. Sin embargo, la recuerdo nítidamente, como si en serio la hubiera vivido y no fuera más que el mito que siempre ha sido. A su existencia le tocaron épocas de contradicciones y no tuvo más remedio que actuar en consecuencia: armonizando con lo que la vida le iba dando. En esos años a México le entró generosidad en el desgobierno y tuvo, desde su formación en 1821 hasta el nacimiento de mi abuela en 1868, casi cincuenta administraciones con repeticiones de presidentes que un día eran conservadores y al siguiente mejor no. Además, la incipiente patria estaba de moda, pues toda potencia occidental que se dignara de serlo tenía que intervenir, de manera directa o indirecta, en los queveres nacionales.

De esta forma, producto de una de estas injerencias que sacudieron al país en el siglo XIX, nació ilegítimamente mi abuela, sentenció en mayúsculas y con tinta negra el novedosísimo registro civil en su acta de nacimiento. Su padre, junto con cientos de congéneres blancos y barbudos que seguían la ruta comercial en disfraz militar, llegó a Acapulco a bordo de la corbeta *Galathée* en inverosímil itinerario francés desde Argelia, y en cuanto pudo abandonó las filas marciales para buscar el sueño de oros y minas que refulgía en la altiplanicie mexicana… Y, ya de pasadita, para encargarse de su propia intrusión en las faldas morenas y lampiñas que facilitaban las campesinas fecundas del centro del país. Una de ellas, mi bisabuela, decidió que, después de ser madre soltera de seis hijos, cargar con un estómago extra era algo que ni siquiera iba a rumiar, por lo que en cuanto nació Teresita no encontró mayor propósito que ponerle nombre cristiano y despedirse a perpetuidad de ella a los diez días de nacida, después de una caminata de dos ampollas, bajo una de las frágiles campanas que acariciaban los densos portones del Convento de Bucareli. Sin más preámbulo, mi abuela creció al amparo de la leche de burra, los dichos con los que toda la vida vocalizó su razón y las historias de santos —y no tanto— que las monjas le contaban; y, junto a ellas, elevó para la posteridad su imaginación al grado de certidumbre.

Su infancia transcurrió con una trivialidad hermética en medio de las rutinas felices del convento, queriendo a las religiosas que la arropaban con sus sonrisas chimuelas y sus pechos acojinados, obedeciendo sin miramientos a la madre Benedicta (aunque de pronto chocaban en las pompas de las niñas los votos de castidad, obediencia y pobreza de la monja, que venían anudados en el cordón al cual llamaba "la Justa Razón" y que a veces era todo menos eso). El trajín en Bucareli le descubrió a Teresa una de sus cualidades que a ella se le transfiguraba en un defectazo con el que estaba de acuerdo en vivir. A mi abuela le chocaba que la regañaran porque le daba vergüenza ser el centro de atención, para bien o para mal. Así que, con tal de evitar exponerse aprendió que, para llevar la fiesta en paz con la vida, era mejor esforzarse, pero poquito, y entonces sí dejar que el destino tomara el timón. Cosechó la moraleja de la experiencia en las labores domésticas que más le causaban pesar, como el lavado de la loza. Era preferible dejar los jarros un poquitito sucios porque cuando tallaba de más y se tardaba o rompía alguno, para que aprendiera, en medio de la orquesta de gritos de la monja en turno y las risas de las compañeras, le rasgaban la piel de las manos con los tepalcates. A la sazón se justificaba porque al que mucho se apresura, el trabajo más le dura, y ella qué necesidad tenía de acabar en lapsos arbitrarios si total, a su tiempo maduran las uvas, se convencía. Y abrazó su filosofía: se vale ser mediocre no como meta, sino como resultado.

Además, como buena mexicana sabía que era más fácil adaptarse al sistema que tratar de cambiarlo. Se repetía sus historias y recordaba a san Policarpo, que aguantó las llamas con paciencia y luego tuvo su recompensa. Así pasaba los días: tejiendo razones con hilos de fantasía. No olvidaba agradecer los esporádicos paseos para bañarse en las heladas pero lúdicas aguas del Extoraz, o las tardes antes de prepararse para dormir cuando el reloj de sol indicaba el atardecer y alguna de las hermanas mayores congregaba a todas las niñas en la biblioteca. Allí, se llenaban de hazañas de figuras místicas, de mitología griega, de fábulas e historias que las hacían soñar con mundos insólitos. Las huérfanas del convento no lo sabían, pero tenían la suerte, en una era y geografía desafortunada en particular para su clase social y género, de que las monjas estuvieran preocupadísimas por enseñarles a leer y a escribir; a sembrar y a deducir los ciclos agrícolas; a amaestrar las labores del diario y a preparar el mejor chocolate caliente mientras saboreaban las conversaciones con sus demás compañeras, que eran pocas, y con las religiosas, que eran menos. Mucho más no sabían ni les interesaba.

Mi abuela, por ejemplo, aunque lo recitara múltiples veces al día, no le entendía mucho que digamos al latín. La Biblia, las faenas religiosas y la misa se dictaban así, y ella medio mascullaba el ángelus del mediodía, pero lo que restaba eran las vidas de los santos para adquirir inspiración y justificación de tanta fe porque por fuerza de costumbre se sabían el rito, aunque de allí a entenderlo en serio pues no tanto. De igual forma, una vez a la semana, el asistente espiritual, Fray Gudberto, recorría un par de kilómetros para oficiar y confesar en la capilla consagrada. Fuera de esa presencia masculina, sólo alguno de los ocasionales mozos de labranza ingresaba al recinto, por lo que las niñas estaban acostumbradas a vivir entre estrógenos. Mi abuela Teresa no le guardaba rencor a la vida o a sus padres por el abandono o la indiferencia. Es más, nunca se planteó circunstancia ajena y estuvo siempre conforme con su presente y sus expectativas; tanto que hasta era un ser humano feliz. Teresa siempre fue muy práctica en todos sus asuntos, y para las cosas mundanas era tan aterrizada que parecía que estaba en la luna. La gente que la conocía, incluso, le atribuía poderes extrasensoriales sólo por su capacidad de análisis cotidiano, pero al final, como siempre, la realidad es más generosa que la imaginación.

La fisionomía de mi abuela era el caso aberrante de la congregación que, en su mayoría, defendía un mestizaje bastante homogéneo de tez café con crema, pelos castaños rizados y ojos cincelados. Teresa, en cambio, daba fe de una mezcla genética irreconciliable: sus rasgos chichimecas de nariz pequeña, boca despuntada, frente amplia y cabello lacio como cascada resaltaban con el marco pajizo que le cubría la cabeza, la tez más pálida que el Cristo forastero de la capilla y los ojos más azules que el manto de la Guadalupe, bromeaban sus compañeras. Como agua en aceite, casi como si los genes dominantes del padre se hubieran peleado con los de la madre y al final cada bando hubiera decidido no juntarse sino negociar: bueno, yo no me meto con los ojos, pero me dejas la nariz, y tú no intervienes en la estatura y te quedas con los pómulos. Mi abuela no nació bonita como muchas de sus compañeras, ni se hizo guapa cuando creció. Teresa nomás llamaba la atención por rara y a la gente le gustaba verla, menos por la estética y más como para entenderla. Ella, por supuesto, ya se había acostumbrado bajo protesta al vilipendiado escrutinio público, pero al final, como vivían casi alejadas del mundo, pues quienes la veían ya no le tenían novedad.

Las inauditas monjas permitían que las niñas fueran eso: que gritaran, jugaran, se ensuciaran y se rieran. Siempre recalcando que las cosas del espíritu eran superiores a las materiales. Así que cuando llegaban las horas de rezar —las más importantes, repetían—, o de otras labores de menor seriedad, pero de cualquier manera necesarias, debían hacerse responsables y no había miramientos para darle azotes a la rebelde o mandarla a la celda de castigos cerca del establo, donde no había nada bueno, ni siquiera rayos de luz y la esperanza se cotizaba en arrepentimiento. Eso, quizá, la hacía más aterradora pues la oscuridad agilizaba los temores de la pobre incauta que terminaba allí y entonces surgían las más terribles leyendas que pasaban de boca en boca y de generación en generación. Sólo una vez fue a dar allí mi abuela y con ésa tuvo para hacerse dócil al recibir y ejecutar indicaciones.

El convento había sido concebido de clausura para la vida contemplativa, pero a la madre Pachita se le hizo el corazón de pollo cuando un buen día aparecieron una niña de pañales junto con una canasta que la hacía de moisés subrepticio para otra recién nacida, su hermanita, después deducirían las religiosas. Sor Inés, que entonces fungía como la novicia más joven, avisó aterrada a su superiora del encuentro con las criaturas frente al portón de entrada, pero como el frío de diciembre empezaba a colarse desde las sandalias hasta la médula, fue la propia Pachita quien se apresuró a abrir la puerta para abrigar a las niñas para siempre. Así se empezó a correr la voz de que allí aceptaban pequeñitas "no deseadas".

La madre Pachita, que desde joven tuvo la sonrisa arrugada, se ensombreció por un tiempo mientras duró el vericueto en el que se vio envuelta porque la diócesis engendró en pantera cuando se enteró de que el uso del suelo conventual estaba siendo violado y se le había eliminado la prerrogativa a la contemplación. Entonces los curas de la ciudad amenazaron a la monja con quitarle su estipendio si continuaba con esa necedad de mantener alojadas criaturas bastardas. Era inútil, para la madre Pachita no había vuelta atrás: de una u otra manera esas niñas —que para entonces rebasaban la decena— pertenecían ya a la congregación, a la familia. El presbítero reviró: envíen a las criaturas a la diócesis de Querétaro donde puedan ser integradas a algún orfanato en forma.

Pero la madre, que únicamente lo era de nombre, quiso serlo también de a de veras y se negó: esas niñas ya eran de allí, por algo las habían dejado en ese portal y no en uno ajeno. Con qué espíritu cristiano vamos a enviarlas a otro lado si nuestras nenas ya han encontrado hogar y amor entre estos hábitos cafés y son arropadas por las montañas que nos cubren. Cómo se podrían llamar entonces hijas de Francisco y Clara si permitían que se cometiera semejante injusticia contra las pobres desafortunadas chiquillas que ya habían resistido suficientes congojos en su corto paso por la vida, le respondió en furiosa misiva al incrédulo Fray David, cuya bondad no rebasaba su sentido del deber que le indicó que mientras las monjas de Bucareli no se cuadraran a las reglas, no iba a haber más presupuesto para ellas. Pachita, como correspondía, lanzó un cónclave interno porque qué necesidad tenían de convertirse en monjas mendicantes si el único defecto que se les veía era el del tesón, y propuso: ¡si no nos dan para el gasto, hagámonos sustentables! Y se hicieron. Empezaron a vender —por temporada hasta Querétaro— zapotes amarillos en conserva y lo que se les fue ocurriendo que podían bajar a ofrecer.

Y se les fueron ocurriendo muchas cosas: mieles, huipiles, ungüentos. El convento de Bucareli, que buen trecho del año era frío, ocasionaba que las niñas y las monjas pasaran gran parte del tiempo remachando sus ajuares y ya se habían hecho fama de buenas tejedoras y hacedoras de ropas, así que habían empezado a incursionar también en la confección de lanas. Tuvieron de su lado al azar y la geografía. La lejanía del recinto envuelto en serranía ayudaba a que los administradores clericales se olvidaran no sólo de los problemas que podía ocasionar, sino que a veces de plano omitían que existía. Además, para cuando hubiera sido momento de poner un alto a la denodada aventura del orfanato, Fray David ya traía el cerebro más preocupado por los rumores de reformas liberales que rugían en la capital, que por las reformas de una monja liberal de la Sierra Gorda, así que se hizo de la vista igual y con los años su anuencia implícita lo llevaría incluso a oficiar los sacramentos para las escuinclas.

Mi abuela cayó en blandito cuando se asomó al mundo y la fueron a dejar en el convento que llevaba más de una década con cambio de vocación. La madre Pachita gozaría durante casi veinte años al ver consolidado "su orfanato" y, cuando murió, supo que su misión de vida había sido cumplida y que el legado que dejaba era más de lo que había podido soñar cuando a los quince años, antes de que existiera el país, había ingresado a la orden. Teresa tenía tan sólo siete años cuando Pachita murió, pero la evocación de la monja era tan intensa para mi abuela que, todas las veces que la mencionaba, como por instinto se llevaba la mano izquierda al pecho en auténtico apego a la etimología de la palabra, porque dicen que recordar viene de allí, del corazón.

Cuando murió Pachita fue sor Benedicta quien se encargó de dirigir el trajín del convento. A la pobre le tocó calzarse unos zapatos muy grandes, y ya con eso no hay forma de plantar un juicio justo; la verdad es que no era mala persona, sólo había tenido una antecesora imposible de igualar, y la inseguridad que tanta presión le acarreaba la llevaba a extremos medio tiránicos. Mi abuela también la quiso muy a su modo y muy por sus modos, pero el cariñito entre ambas fue constante. A la madre le daba por exigirles un poco más a quienes quería más. Por eso, a Teresa le tocaban labores dobles, por eso y porque ya, a partir de los cinco años, las niñas debían hacerse útiles en todos los campos. Desde el de cultivar hasta el de cultivarse, pasando por la cocina, los menesteres del diario y los de los productos que comercializaban.

Lo que sí es que a mi abuela Teresa nomás no se le daba eso de esquilar o de tratar las lanas, estornudaba apenas se acercaba al corral de los borreguitos y prefería canjear sus rutinas porque nadie hacía mejor chocolate que ella. Deshacía las almendras junto al chile de árbol, la vainilla y el azúcar, hirviéndolos de a poquito y espesando la espuma con el molinillo al ritmo de alguna armonía barroca que le llegaba desde el salón del piano hasta que, junto a las fugas, las burbujas empezaban a hacer lo mismo. También era buena para sacar tinturas; le gustaba ir viendo cómo las cochinillas crecían y se aferraban a las pencas, y después de unos meses podía ya recopilarlas y se las llevaba a sor Inés para que se encargara de hervirlas y tostarlas. La monja después les pedía a las niñas que tuviera enfrente que la ayudaran a molerlas en los molcajetes y así iban sacando los rojos para el hilado de rosas que engalanaban sus artesanías. A Teresa lo que más le gustaba era trabajar cerca de sor Inés y de Mariana, quien, a pesar de ser dos años mayor que mi abuela, parecía de cinco menos pues había tenido problemas de crecimiento desde la cuna hasta el metro diez que adquirió como máxima estatura y que compensaba con su enorme estoicismo. Los días en el convento eran completos, con algunos momentos de descanso aunque, desde que salía el sol hasta que se ponía, siempre había algo que hacer y eso las tenía entretenidas en ser felices.

El año de 1882 había contado ya con cinco lunas llenas cuando, a sus catorce años, la abuela Teresa se inauguró en los encuentros que definirían los caminos de su prole. Mientras la luna estabiliza y protege a la Tierra, en mi abuela sus intervenciones causaban desequilibrios mayúsculos; fue así como sus encuentros paranormales se le fueron acomodando a los dictados del cielo. Y a los del suelo, porque la primera posesión inició desde las puntas de los pies con un cosquilleo sin risa; después, el espíritu de la madre Pachita le fue subiendo por los tobillos hasta generarle un calambre en el vientre que la obligó a desmoronarse en la silla donde Mariana había colocado, con esmero, la pasta de hojaldre para las empanadas. No había remedio, bien dicen que, si el loco sentado está, o los pies mueve o cantará, porque el alma de la monja (muerta en ese mismo sitio) se afincó en el pecho de mi abuela Teresa colapsando casi todo su sistema. Extremidades, garganta, reconcomios, todo en ella estaba paralizado salvo su ojo derecho, víctima de una fotofobia distraída. El pánico le duró el segundo que tuvo para preguntarse qué demonios le estaba pasando y, cuando regresó en sí, no supo si reír o llorar frente a la cara de horror de las inaugurales testigos de tan impropia comunicación. No recordaba nada más que el tremendo cansancio del cual era víctima. Sor Inés y Mariana, en cambio, jamás olvidarían ni las palabras ni el tono de la madre Pachita rogándoles que pidieran por su alma, que iluminaran siete veladoras con siete rosarios para su descanso y, sobre todo, que hicieran buen uso del tesoro.

Si no hubieran conocido a Teresa de toda la vida habrían pensado que aquello no era más que un montaje de una joven en busca de atención; entonces la situación era decididamente absurda y hasta hubiera dado risa si no diera. Sin embargo, habían visto y habían oído lo que habían visto y habían oído. Ni modo, tendrían que vivir con eso hasta la eternidad, pero en pudor, acordaron y se callaron futuros chismes. Ajá, repitió mi abuela, si ya se sabe que al buen callar le llaman santo y, en las mujeres, milagroso. Así que medio riéndose de ellas mismas y no, cerraron el capítulo en la capilla donde rezaron y encendieron veladoras en nombre de la difunta revivida en momentáneo usufructo corporal. Nunca supieron a qué se había referido con aquello del tesoro, pero igual se echaron un rosarito por él, no fuera a ser que terminaran como santa Perpetua, indicándole a la muerte cómo habían de morirse —ni lo mande Dios, con esas cosas ni meterse—; se persignaban. Al día siguiente mi abuela amaneció con las sábanas manchadas de rojo: su asociación con la sangre de las mujeres se había firmado mientras dormía y, sin más, asumió que había llegado su tiempo de escoger entre un cambio de vida fuera del convento que había sido su único padre o prepararse para los hábitos perpetuos.

CAPÍTULO II

Le gustó que le llevara un trío huasteco el día que había acordado con su padre y con sor Benedicta la formalización del noviazgo; le gustó verlo quitarse el sombrero y entrar al salón del fondo del claustro mayor; le gustó que se conocían las miradas de toda la vida, aunque nunca las hubieran puesto a hablar; le gustó que llevara con decoro los pantalones remendados; le gustó que nunca la hubiera visto como la rara de cabellos dorados sino que debajo de sus párpados su imagen se reflejaba como el paraíso mismo; le gustó la adrenalina de las expectativas de su próxima aventura, aunque igual se inundaba de miedos cuando pensaba en su futuro lejos de las paredes naranjas, el olor a naftalina y los hábitos clarisos que la habían criado. Mi abuela Teresa parecía frágil e insegura, pero sólo de fachada porque aun así como estaba, llena de vacilaciones y de infancia, toda su existencia estuvo en primera fila de su vida. Eso, quizás, era lo que más le gustaba a él de la persona que estaba a punto de convertirse en su familia.

Teresa apenas había cumplido dieciséis años, pero ya sabía las faenas necesarias para ser una mujer-de-bien, así que las monjas aceptaron despedirse de ella para que se casara con Fortunato Burgos, el hijo de uno de los mozos de labranza que tenía como máximas posesiones el alma bien puesta y la risa abundante: era suficiente. Si no había amor, al menos existía el compromiso que les duró veintiocho años hasta que una noche de fibrilación ventricular en el pecho de mi abuelo le rompió el corazón a Teresa al dejarla viuda. El ataque fulminante se llevó a un sonriente Fortunato mientras soñaba, satisfecho de haber tenido una buena vida.

Los padres de mi abuelo repitieron hasta siempre que su hijo había sonreído nada más de entrar al mundo. Su mamá se lo achacaba a que, en la madrugada de su nacimiento, la luna creciente los iluminaba desde su mueca feliz y eso había influido en el carácter confiado y contento de su único vástago. Veinte años después, el joven alegre que sería el abuelo que no conocí, se casó con los ojos buenos y el porte despreocupado con los que yo recuerdo a mi madre. Al abuelo Fortunato le llamaron así por si acaso. Era tradición familiar, desde hacía cuatro generaciones, la de nombrar de esa forma al primer varón Burgos. Pocos honraban la designación y la inmensa mayoría desfavorecía el nombre muriendo antes de que el mundo le diera una vuelta al sol. En cambio, abundaban los Renatos quienes, de acuerdo con la misma usanza, representaban al segundo, tercero, cuartoquintosexto… en fin, al siguiente hombrecito que sobreviviera en cada familia. Mi abuelo no se malogró, vitoreaban orgullosos los bisabuelos; pero fue el único retoño que se les dio, bajaban la estéril mirada al declararlo.

Mi abuelo Fortunato era trabajador porque no había de otra, y se ocupó en lo que fue pudiendo. Así fue como pasó una década cuidando y acomodando a los animalitos hasta para el sacrificio. Teresa, su esposa, estornudaba antes de que Fortunato entrara a la casa, y lo obligaba a quitarse las ropas que enseguida ponía a hervir. Si por ella hubiera sido, también habría puesto en la olla a su señor pues su alergia no le daba para abrazar al hombre si no se quitaba cualquier residuo de animal que le hiciera susceptibles los mocos. Mientras mi abuela detestaba que su marido trabajara con sus alérgenos, él los procuraba, los cepillaba y alimentaba, les contaba historias e incluso les limpiaba las legañas distraídas.

Pero apenas llegaba la orden de la hora de la carnicería, continuamente era lo mismo: Fortunato temblaba y les contagiaba la pesadumbre a los bichos. Los cerdos eran los más difíciles, pues no se controlaban ni con caricias, ni con canciones, ni con mirarlos a los ojos. Sin variar gritaban y se retorcían en sus premonitorias histerias colectivas; los borregos, en cambio, con sólo tocarlos atrás de las orejas, mientras se les susurraba un rezo, de a poquito cerraban los ojos y aceptaban su destino de barbacoa; la reacción de las vaquillas, quizás, era el punto medio: de allí los sabores de sus carnes, deducía el abuelo. No le gustaba su faena, que ni siquiera implicaba destaces porque él sólo acomodaba, pero sus remordimientos no dejaban de atormentarlo porque tanto peca el que mata a la vaca como el que le coge la pata. Se flagelaba y, como corolario de su zozobra, se tomó la licencia vitalicia de evitar comer mamíferos.

La joven pareja de recién casados, a falta de recursos propios y con la intención de ahorrar, había aceptado vivir compartiendo el techo con los ancianos padres de Fortunato. La idea fue buena mientras lo fue, pero apenas devino en acción y aquello resultó un desastre monumental. Teresa nomás no pudo agarrarle la onda a su suegra, y doña Escolástica fue incapaz de gobernar sus celitos que la hacían sentir que todo lo que tenía que ver con su nuera estaba mal: que si tenía el pecho débil por tanto estornudo, que si le echaba poca sal al caldo de gallina, que si a ver si no por tanto chocolate no era capaz de encargar, que si las monjas no le habían enseñado a barrer como Dios mandaba, quesi, quesi, quesi. Mi abuela no hallaba el modo de caerle bien a la señora, le decía mamá Escolástica, pero no la sentía así, y lo que la carcomía era que de plano no había rezo que le iluminara la veladora y no había forma de ir junto a ella con el perfil bajo porque cualquier cosa daba pie a la crítica. Lo que más odiaba mi abuela era llamar la atención, entonces su día a día con la familia política era asfixiante pues tenía que vivir con alguien juzgándole los pasos que ni había dado.

Teresa sabía que no había forma de cambiar su físico, pero trató de adaptarse a las indicaciones que la señora le daba, sin lograr congraciarse con ella. Le molestaba que trajera la religión metidísima en el rito, pero que no diera visos del espíritu cristiano que madre Pachita predicaba. Con doña Escolástica entendió que se puede, aunque no se deba —coreaba como para que no se le olvidara—, ser católico sin ser universal. No le bastó mucho tiempo de convivencia para darse cuenta de que, quizá por su tono de piel y su estridencia capilar, doña Escolástica encontraba a su nuera horrorosa y sentía que su hijo merecía algo diferente, una mujer más adecuada a la sierra y con un par de tonos más altos. Total, que no la pasaban bien, y para mi abuela esos tres años de luna de miel fueron los más amargos de su matrimonio.

Fortunato tampoco bailó de felicidad durante esos tiempos: no era sencillo vivir en medio de las quejas de sus mujeres que lo tenían entre la espada, la pared y la falta de privacidad. Su existencia estaba un poco atormentada, además, por el trabajo que a veces se le hacía nudo en la garganta durante los días de matanza —que no eran siempre pero siempre que eran, eran horribles—. Así que, el mismo año agridulce en que se quedó huérfano de madre, al mes siguiente de padre y se enteró de que traería por primera vez vida a este mundo, Fortunato decidió que su circunstancia ya había tenido mucho olor a muerte en ese pedazo del universo. Le propuso a Teresa iniciar de cero en otro lugar y, sin más alboroto y sin siquiera detenerse a escuchar la opinión de su mujer, en cuanto pudo abrazó a su incipiente familia lejos de la inmensidad verde y húmeda de la Sierra Gorda que había sido, junto con sus eternas nubes, testigo de sus veinticuatro años. Emprendieron el impensable peregrinaje de 200 kilómetros a la tierra llana y llegaron casi una semana después a una Celaya creciente y de color castaña.

Su primo Ventura, a quien llevaba cerca de una década sin ver, lo recibió como si se hubieran saludado esa mañana, en un vínculo de cotidianeidad forjado con fibras de recuerdos de infancias, camaradería y boberas compartidas. Ventura trabajaba como pailero en los talleres de fundición para las vías de los trenes y tranvías que le empezaban a inyectar una energía aún más ruidosa a la ciudad. La nueva industria era tan generosa que también pudo conseguirle trabajo a Fortunato, que era bueno con los animales y los números. Su labor consistía, para regocijo de su presente, en cobrar el pasaje de los tranvías a tracción de mulas que circulaban por la avenida Hidalgo y le daban vueltas al Centro. Teresa, mientras tanto, vivió horrorizada las primeras semanas de su nuevo destino semidesértico y de su incipiente condición de modo de familia. La ponía de mal humor el malhumor con el que constantemente vivía y el no poder contener el hambre invariable que le rugía en las tripas. Su estado de gracia no le causaba nada de eso, milagros sólo en la Virgen María, se repetía, no en las mortales primerizas que, si no vomitaban, vivían la gravidez o su estar en estado —como le decían— con agruras e hinchazón. Para colmo, el calor la sofocaba y se le salía de a poquito el alma cada que veía una cucaracha. Vivir en una ciudad en trance a la modernidad la sumía en un arcaísmo soporífero y como que la vida sin montes se le hacía que quedaba relejos de Dios. Pa' colmo, no le ayudaba al ánimo ni a la salud esfenoidal el que el marido siguiera trayendo en la ropa pelos de los animales que movían los tranvías.

Sin embargo, poco a poco fue agarrándole cariño a su presente: ya no vivía con la suegra sobrecargándole la existencia y resaltándole los defectos. No le importaba, de hecho, ver todos los días el retrato colgado en su habitación y hasta le daba los buenos días cada mañana. Con cada respiración Teresa se iba sintiendo más y más segura en su propia piel que, con ironía, cambiaba, se estiraba y le daba una comezón con propósito. También le había tomado un cariño especial a la iglesia de San Francisco, que sonaba a risa de aves y tenía columnas de cantera y paredes naranjas que la remontaban al convento que la vio crecer y había sido su casa del pasado. Esas asociaciones le daban fuerzas para sentir que allí podía hacer un hogar del presente y, con suerte, también del futuro.

La animaba ver feliz a su marido y no se privaba de disfrutar los domingos de paseo en la Alameda, tomando raspados de horchata y comiendo esquites en el jardín Hidalgo, o, cuando se podía, pasear en bote por el Rillito, como le llamaban a la Ciénega del Río Laja. Además, nunca perdonó la hora semanal que dedicaba a escribirles a sus monjas y a Mariana. Religiosamente llevaba el carterío al correo una vez al mes y, de igual forma, recibía sin variar sus correspondientes respuestas que, empalmadas o coordinadas, le iluminaban la circunstancia. Jamás dejó perder el contacto con sus raíces porque eso la estabilizaba, ni siquiera muchos años después, cuando se encontró postrada, enferma y a punto del adiós, olvidó escribirles a sus mujeres de la sierra.

Consuelo, la esposa de Ventura, desde el primer segundo estuvo feliz de tener a "su prima" en casa con ella o atestiguando sus andares. A mi tía Consuelo le gustaba hablar y adoraba ser escuchada, así que mi abuela Teresa, que le tiraba más a la timidez que a la extroversión, le resultaba la mejor compañía. Un año atrás, Ventura Burgos había ganado en el juego a su esposa. El papá de Consuelo, ahogado en su propio destino, no supo qué más posesión ofrecer con tal de que siguiera la partida y antes de que se le fuera lo único que medio le quedaba puesto: el orgullo. Así que se le hizo fácil prometer a su hija, como la cosa y propiedad que no era; y a Ventura, que tampoco estaba en sus cinco sentidos, se le hizo fácil aceptarla.

Ya estaba todo arreglado para que se casaran al día siguiente, en medio del mar que habían formado entre su madre y ella, cuando la cruda regresó a la realidad a Ventura: así no, dijo. Sí me la quedo —pues porque ya la gané en el juego—, pero me la voy a ganar deadeveras, le advirtió a quien sería su futura suegra. Y, antes de irse a su casa a cambiar, le informó a la sorprendida Consuelo que se quitara las lágrimas y se pusiera un vestido porque al rato pasaba por ella para llevarla a pasear. El noviazgo les duró el mes en que pudieron mantener sobrio y silenciado de vergüenza al papá de Consuelo —no fuera a ser que la volviera a apostar—; el matrimonio les duró cuarenta años, nomás porque la muerte les vino a hacer mal tercio.

Consuelo era un metro y medio de distracción, carnes rebosadas y alegría. Toda su vida la había vivido en Celaya, así que tener a alguien que miraba todo con novedad era lo más refrescante que le había pasado, y no pensaba escatimar un segundo de la compañía de la nueva familia que les había caído del monte, en particular de la prima política que adoptó al instante como la hermana que toda la vida habían añorado sus deseos. Cada que tenía oportunidad, emocionada, le tocaba el vientre y jugaba a adivinar, "¡faltan sólo cuatro lunas, primita!, ¡ya faltan tres… dos!", y una de las primeras tardes del verano de 1888, quedando un día para que mi tío Tomás naciera, mientras descansaban bajo la inestable sombra de un pirul, mi abuela Teresa volvió a sentir el cosquilleo en los pies.

La segunda intervención del más allá fue masculina, no mencionó tesoros y tuvo como única testigo a la lívida Consuelo quien, después de presenciar semejante espectáculo, no encontró alivio ni en su nombre. Tenemos que marcharnos ya, le ordenó a Teresa en cuanto mi pobre abuela, que cargaba los dieciséis kilos de más —cortesía de su primogénito— pudo medio recuperarse. Se dirigieron a san Agustín para pedir por el descanso de Miguel Iturralde, un indigente inmaterial que, al ser ahorcado bajo aquel árbol durante las turbas que continuaron tras los saqueos de la intervención estadounidense, sólo pedía que se reconociera su vida con alguna oración y una vela encendida. Después de concluida la misión, Consuelo pudo por fin interrogar a su prima política. Nada de mentiras, Teresita, tienes que contármelo todo y no me levanto de esta mesa hasta que lo hagas. Pero a mi abuela no le gustaba lo que le pasaba, si de por sí ser el centro de atención de los vivos le producía malestar físico, ser atracción de los muertos le daba ñáñaras en la mente.

Mi abuela Teresa era muy controlada. Sabía dominar sus pasiones y era difícil entenderle las emociones, por lo que ir por la vida ofreciendo estos espectáculos se le hacía indigno hasta de sí misma. No, por supuesto que no era algo que ella buscara, si ya se sabe que donde menos se piensa salta la liebre. Sí, ya había sucedido una vez y tampoco había estado consciente como para contarle detalles, sólo le podía decir lo que las presentes le habían relatado, y era un susto que ni san Bartolomé les hubiera quitado. Bien, estaba de acuerdo en que, para costumbre del hábito, no les mencionarían nada a sus maridos —si no se trataba de preocupar a todo el mundo, ¡faltaba más!—, pero qué se le va a hacer porque pues ni modo, Consuelito, si cuando Dios quiere con todos los aires llueve.

Sí, se repetían en autoconvencimiento sincronizado de cabeza. Y estipularon, a sorbos de tila, que tampoco entre ellas hablarían más del asunto, al fin que con seguridad esos encuentros extrañísimos no volverían a suceder. Mi abuela, que toda la vida había asociado al té con la enfermedad o, por la influencia de varias de sus monjas españolas forjadas con costumbres de finales del xix, con los ingleses (que para ellas eran también sinónimo de malestar), asumió el pacto con quien sería su comadre como eso: un padecimiento. Pero ya está escrito que esos compromisos son tan frágiles que sólo hace falta un estornudo para romperlos.

La vida personal de los Burgos les fue transcurriendo sin prisa, caminando apacible al ritmo de la del país. A Ventura y Consuelo les dio por tener fe en la humanidad y procrearon, en un lapso de cuatro años, a los primeros cinco de sus once hijos; al tiempo que Fortunato y Teresa veían, tranquilos, crecer a su primogénito: mi tío Tomás. Mi abuela abrazaba a su bebé y lo miraba como el milagro que era, no como el de san Ponciano; jugaba cantándole, que con tierra y agua hacía barro. Lo cierto es que, sin percatarse, a mis abuelos esos años les pasaron con poca novedad; se habían independizado de la generosidad de sus primos y alquilaban su pequeño hogar de dos cuartos diminutos en las afueras de la ciudad: resquicios de las casas de los peones de un rancho colonial venido a menos —abandonado, descuartizado y repartido en pedacitos entre múltiples familias—, pero les bastaba y sobraba. No alcanzaba para más y al menos estaba cerca del pozo, del arroyo y la tranquilidad, pero ya se sabe que viento, amor y fortuna son mudables como la luna, y así como no hay tristeza que dure cien años, tampoco hay felicidad que aguante un milenio.

El mundo todavía no se acostumbraba a 1894 cuando mi tío Cipriancito hizo su aparición y mi abuela Teresa tuvo su tercera ocupación espiritista. En esa ocasión el embarazo se le había hecho toda bondad y el crimen gestacional le llegó en forma de migrañas que no le permitieron levantarse de la cama durante los tres meses después de su segundo parto. Consuelo decidió, entonces, que como su prima traía actitud de almohada, sus tardes las pasaría con ella, en su casa, ayudándola mientras los niños jugaban cerca. Uno de esos días custodiados, mientras Teresa estaba postrada, víctima de las punzadas en la sien, un alma sin antecedentes se le incrustó para advertir que el esqueleto estaba relleno de peluconas y que la buena fortuna, si se gastaba mal, se hacía adversidad. Cual si le hubieran hablado en lenguas, Consuelo le repitió a Teresa lo que había dicho en su trance, pero como ninguna entendió el propósito que el espíritu sin nombre o referencia había intentado transmitirles, prefirieron seguir su día sin mayor aspaviento, eso sí, con los rezos consabidos a favor de quien se dejara, y un fomento en la frente de la pobre mujer que, inflamada de todo el cuerpo, sólo aliviaba su ansiedad cuando el nuevo hijo le succionaba el alimento y el frío le adormecía el presente.

Ni Teresa ni Consuelo vivirían para saber qué era eso del esqueleto y de las peluconas, pues fue hasta que mi abuela tenía medio siglo de haber muerto cuando las monedas, de una en una, empezaron a despedirse de su escondite y a caer encima de la cama donde los nuevos dueños de la "casa" se disponían a cerrar el día. Pasado el asombro, el susto y la incredulidad, el techo se les desbarrancó por completo, dejando al descubierto los bolsones con varias piezas de plata, de cobre y, sobre todo, con las monedas de ocho escudos de oro del siglo XVIII que mostraban a Felipe V con peluca. Aquella pareja, tiempo después, sería recurrencia en los periódicos alarmistas por la lucha de herencias que su divorcio generaría y que derivaría en asesinatos envueltos en rumores de parricidios con tufo de avaricia; pero ésa es otra historia.

CAPÍTULO III

El reloj marcaba la hora más cálida del año cuando Leonor lloró por primera vez. Había nacido y todo era raro: vamos, ni sus lágrimas conservaban la humedad; los pulmones, esos sí, eran tan enérgicos como sus piernas. Leonor nació mujer en un mundo de hombres —en sentido literal y metafórico—. Con sus dos hermanos mayores y los ocho primos Burgos, vivía rodeada de testosterona. Fue, eso sí y quizás a consecuencia de, irrestrictamente consentida.

Cuando tocó bautizar a la niña, mi abuelo se enneció: así como con sus primeros hijos, Antonio Tomás Fortunato de Jesús y José Fortunato Renato Cipriano, su primera hija tendría que perpetuar el nombre de sus ancestros, y para tal deber qué mejor que portar el de su abuela paterna, o sea, su madre. A mi abuela Teresa la simple idea le desajustó la visión, no sólo porque no había tenido en el mejor concepto a su suegra, sino porque al nombre de Escolástica nomás no le entendía. El sacerdote, ya algo fastidiado por la indecisión, minimizaba la escena: independientemente del onomástico secularizado que quisieran, el que era en realidad importante lo indicaba el santoral. "Radegunda", correspondió el calendario ante el horror espasmódico de mis abuelos. Entonces la camaradería se les regresó y entre ambos suplicaron si existía otra opción, padre. Bueno, claro, también se celebra a san Hipólito, así que llamemos a esta criatura del Señor, bajo su petición, María Hipólita Radegunda Escolástica, sentenció.

Y salieron de la iglesia sin volver a mencionar el asunto.

Mi abuelo siempre llamó Maríaesco a su primogénita, pero para el mundo, por costumbre e insistencia de mi abuela, la tía Leonor usufructuó un nombre que jamás tuvo. Tal vez, sin saberlo, ése sería el destino que le tenía marcado la vida: hacer uso de lo que realmente nunca fue suyo. Quizá porque mi abuela se conocía bien la historia le puso el nombre de una santa dudosa, con fama de serlo, pero sin milagros ni martirios ni canonizaciones: la santa menos santa de la historia, casi casi. En realidad, a mi abuela le gustaba el sonido y el significado del nombre, y creía que llamándola de esa forma podría programar a su hija para que tuviera honor y fuera audaz (pero ya se sabe que las expectativas de los padres en general son injustas y que, en ocasiones, los intereses cambian de una generación a otra).

Para 1906, el afán evolutivo que llevó a mis tíos Ventura y Consuelo a concebir a once varones ya se les había consumado; en un lapso de una década habían llorado, también, la muerte de tres de esos once hijos, y ya no albergaban la esperanza primitiva de engendrar a una mujercita, por lo que mejor mantenían suficiente distancia entre ellos para evitar que la vida se les pusiera creativa. Mis abuelos, que con sólo tres hijos buscaban agrandar la familia, encontraron en la llegada de mi mamá la resignación con el último respiro generacional. Los años felices se les cumplieron y la vida fue suficientemente injusta como para no advertirles que aquélla sería su mejor época: 1912 se fue llevándose consigo al abuelo y lo único que supo hacer la abuela Teresa fue transportar, a su vez, el cuerpo de su marido y a sus cuatro hijos a Pinal de Amoles, a las montañas que vieron nacer a Fortunato y que habrían de ser destino de su último viaje biológico. Le pagaron al muertero para que, junto con Cipriano y Tomás, en turnos de tres, ayudaran a cargar en el petate franciscano el peso muerto del abuelo. La peregrinación duró un tanto de largos días y amargas noches en un par de posadas y acampadas en algún resquicio del camino, haciendo fogata, decenarios y recordando al fundador de la familia.

Dicen que una vida bien vivida da para una partida igual, y que al final todos, pero todos-todos, morimos del corazón, pero él sí en serio de eso se murió. Quiso pocas cosas patrimoniales el abuelo, y a lo mejor en su mediocridad económica radicó el éxito de su riqueza: tuvo escasos asuntos materiales, pero aún menos necesidades. Sus glorias nunca fueron públicas y su única filosofía consistió en que amando a sus hijos era como mejor festejaba el recuerdo de sus padres. No había para él mayor proyecto existencial.

Perteneció a esa especie rara de seres humanos que le encuentran sentido y compromiso a lo que hacen, a lo que aman, incluso a sus diversiones que se englobaban en reírles las banalidades a los niños y a su mujer; y en agradecer, todos los días, el tener techo, trabajo y cariños. Como vicio: el pobre, mientras más agradecía, más tenía qué agradecer. Aristotélico hasta en sus pasiones, moderado en su moderación, constante y fiel a su régimen moral: el abuelo era un tipo aburridísimo.

Se fue dormido, soñando que se quedaba. Era tan responsable y sentía tanta obligación con su familia que, de haber sabido que esa noche se moría, no se hubiera muerto; pero como ni supo cuándo se le fue la respiración de este plano, pues ya no pudo hacer nada. Su cara no mostraba rictus de dolor y ya se sabe que no hay mejor muerte que la que cae de sorpresa y en medio de las ondas delta. Teresa estaba convencida de que su Fortunato había estado orgulloso de su vida y se había ido con la certeza de que sus padres estarían satisfechos de su legado pues, quienes se habían quedado añorándolo, siempre lo evocarían con una sonrisa en el corazón. Incluso yo, que ni lo conocí, lo pienso como una figura alegre de mi pasado.

Mi abuela hablaría poco los días posteriores a la partida de su esposo porque había estado completa con él. La felicidad que habían compartido no había sido de tener sino de ser, juntos. La vida de su matrimonio se había tratado de eso, de superar las propias expectativas y de compartir sueños.

Y, aunque ahora ella se había quedado sola, no podía siquiera pensar en el dolor que estaban sintiendo sus hijos, por lo tanto se le hacía injusto seguir mostrándoles el duelo que se le desbordaba del pecho y mejor se lo tragó. Para Teresa pensar esto de que sólo se vive una vez hubiera sido una insensatez; para ella esta vida era transicional a la verdadera y, por mucho que le dolía haber perdido a su compañero de noches y conversaciones, le agradecía a Dios que ya lo tuviera junto a Él. Ésa era la única certeza que le surcaba el pensamiento.

Enterraron el cuerpo de Fortunato junto al de sus ancestros, desangrado en reminiscencia franciscana con encomienda para no resucitar. Fue una mañana de frío otoñal que no sólo de forma metafórica, sino que físicamente despertó, a sus cuarenta y cuatro años, una ancianidad precoz en mi abuela que desde entonces empezó a verse cascadita. Sus hijos, de igual manera, tuvieron que hacerse mayores, aunque dos de ellos ya llevaban unos buenos años siéndolo.

Después de la misa de preces para el eterno descanso del alma del finado, mi abuela volteó hacia ellos: "Dentro de todo qué bueno que se fue antes que yo, si Dios me hubiera hablado primero, yo mejor me hubiera quedado nomás del pendiente de cuidarlo, así estuvo mejor. Y ahora, como siempre en la vida, tenemos opciones, o nos quedamos llorando su ausencia o sonreímos sus recuerdos. Va a estar trabajoso, pero es mejor sentir cómo su amor sigue llenando nuestros días que andar pensando en los vacíos que andamos sin su presencia. Estuvo bien estar achicopalados estos últimos días, pero la tristeza profunda también llega a su fin y estoy segura de que a él le gustaba más cuando andábamos contentos que echados para abajo". Y dejó zanjados futuros diálogos mientras se ceñía en el brazo encogido de su hijo mayor.

Para entonces la presencia del tío Tomás en la vida familiar se había hecho casi una nostalgia, pues ya le pertenecía más a los deberes terrenales de su dios que a los de sus personas; ingresó desde los dieciséis años al noviciado de León —más por comodidad que por vocación—. Le interesaba leer y vivir plácidamente, así que la idea del sacerdocio le permitía soñar en ambas posibilidades; además, tampoco es como que saltara de la emoción cuando se planteaba la posibilidad de formar familia, y no le hacía ilusión el prospecto de convivir con una pareja. Mi abuela estuvo contenta con la decisión sacerdotal de su primogénito porque, a diferencia de su descendencia, ella sí estaba orgullosa de ser católica y pertenecer a su fe. La muerte de Fortunato, sin embargo, acercó por un tiempo a Tomás con su familia, por lo que pidió ausencia del seminario por unas semanas para emprender el viaje sepulcral con sus hermanos. Así, mi abuela supo que era un buen momento para que, veintiocho años después de haberse despedido de sus monjas, sus hijos conocieran el mundo donde ella había crecido en el convento de Bucareli, a 1 300 metros de donde los restos de su marido terminarían por convertirse en el polvo de nubes, montañas y estrellas que somos.

El convento seguía igual que en sus recuerdos, pero era totalmente distinto: más ruidoso y menos grande. En la calidez de Mariana, su gran amiga de la infancia que decidió hacerse religiosa por resignación, y las queridas monjas (salvo la madre Benedicta, que había muerto dos años antes), Teresa y sus hijos encontraron un cobijo temporal para recargar pilas y volver a creer en el día a día sin el abuelo. Desde que llegaron, la medicina de la sierra empezó a hacer efecto en mi abuela: le gustaba la neblina, el monte, el fresco. Y los pinos que eran el puente al cielo y le recordaban a un Fortunato sonriente bromeándola: yo no puedo bajarte las estrellas, pero sí las nubes. Mi abuela nunca iría a una playa, pero se formó en medio del mar de niebla que se resguardaba en los tejados rojos y en la cúpula de la capilla.

A mi tía Leonor, en cambio, le costó trabajo enamorarse de los paisajes, las cascadas, el canto de los tecolotes y los bosques que colindaban con el convento, ella era más gente de sol y con el frío se le fruncía hasta el carácter. Mi mamá, con sus seis años a cuestas, era suficientemente grande como para intuir la muerte y lo terrible que les había pasado, por lo que ver feliz a su propia madre después de tanta sufridera con la partida de mi abuelo le daba un respirito a su alma. Además, le gustaban las monjas con sus abrazos inaplazables y el consentimiento empalagoso al que se hacía acreedora simplemente por su edad. Mis tíos también gozaron esos días y estaban un poco relajados debido al impasse que les permitía postergar la inminente labor varonil que se les venía encima como irremediables jefes de familia; lo agradecían aun a pesar de que les tocaba dormir en las celdas del claustro menor, las que estaban antes de los corrales de los borregos, justo después de las alacenas. No había forma de que hubiera hombres alojados en el claustro mayor, de ninguna manera, se escandalizó sor Inés con la simple sugerencia de mi abuela, que miró con resignación a sus hijos convertidos en rebaño.

Cada quien respiraba su momento cuando, en uno de los paseos por el bosque rumbo al río, mientras mi mamá tomaba una siesta en el convento, mi abuela, para desconcierto de sus tres hijos mayores, nuevamente fue a dar con el espíritu necio de la madre Pachita quien, en remembranza de su primera comunicación, le recordó a la amable concurrencia que rezara por su alma e hiciera buen uso del tesoro. Sin embargo, en esta ocasión y quizá porque sus interlocutores no interactuaron con ella en vida, los presentes no se intimidaron ante las comandas etéreas y entonces Pachita descansó: "Bajo el sotol de medianoche, entre cobijos de pochotes, se arrullan sus luces y refulge su esencia; podrán hacer uso de los bienes profanos, pero lo sagrado al dios del templo ha de tornar". Y, pa' pronto, la agotada alma de la madre Pachita pudo al fin descansar con la conciencia enmudecida y la confianza ciega de que alguien obedecería su ultimísima voluntad.

Treinta y siete vueltas le había dado la tierra al sol desde que dos sacerdotes beligerantes, Fray David y Fray Eugenio,

huyendo de las llanuras belicosas queretana y guanajua-
tense, habían traído consigo un cargamento de pertenencias diocesanas que corrían peligro bajo la posible —si no
es que inminente— confiscación del gobierno anti-clerical
del presidente Lerdo de Tejada. Es cierto que algunos mozos se habían partido el lomo con la cargadera y demás,
pero los padrecitos emanaban suficiente autoridad en tantos ámbitos que ni quién les cuestionara los cómos, los
qués y los demases, porque nadie se atrevería a preguntar
por qué cargaban lo que llevaban a cuestas y por qué lo
enterraban con tanto apremio.

Cuando empezó a materializarse el miedo de que se
confiscarían los bienes eclesiásticos, Fray David no encontró mejor solución que pedirle el favor a la madre
Pachita, y ella, que muy en el fondo se sentía en deuda
porque el sacerdote ya no le había hecho tan de tos el
asunto del orfanato, sin dudarlo le ofreció alojamiento
para las riquezas en las coordenadas subterráneas alle-
gadas a su circunscripción. Fue así como el tesoro reli-
gionero, en taciturna fortuna, quedaría olvidado hasta
nuevo aviso debido a la imprudente coordinación mortífera de los dos sacerdotes y la madre Pachita. Había pasado menos de un mes de haber sido escondido el tesoro
cuando a David se lo llevó una fractura de cadera y a Eugenio una indigestión tan terrible que el pobre ya nunca
pudo volver a dar del cuerpo, se lamentaban sus acólitos.
Pachita, en congruencia con las arrugas de su piel, simplemente se enfermó de edad. Ninguno, entonces, supo que

un general Díaz derrocaría al fugaz gobierno de Lerdo, y los baúles repletos que enterraron no salieron ni en secreto de confesión.

CAPÍTULO IV

Como Cipriano y Tomás habían gozado y padecido ya del destilado etílico que se producía con la cactácea, entendieron que habría que buscar el mentado tesoro debajo de un sotol. Sólo se necesitaron las horas posteriores de la mañana para investigar con las monjas y saber que los pochotes eran los gigantes que con sus ramas cubrían un poco el sol bajo del camino viejo al convento. Cuando el tucán esmeralda entonaba las notas del día, los hermanos se dieron a la tarea botánica de buscar dichas encomiendas y marcaron cuatro posibles locaciones de sotoles debajo de los árboles. Mi abuela Teresa había quedado agotada por el intercambio de espíritu, y los hijos, aunque reconociendo que les había asustado el encuentro cercano con el más allá y que su madre alojara a estos inusuales visitantes, no le confesaron del todo lo que les había transmitido la madre Pachita. Sólo mencionaron lo de los ruegos, por lo que exculparon sus conciencias acompañando a mi abuela a rezar a la capilla, y listo.

Sin embargo, para la otra misión fantasmal acordaron que por la noche excavarían en cada uno de los lugares a ver si encontraban algo. Se les ocurrió, en un arrebato de inocencia, sugerirle a Leonor que se quedara adentro. Pero su hermana, que era necia y consentida, con una mirada les hizo desistir de la segregación. Para todo fin práctico su mamá estaba suficientemente cansada como para no darse cuenta de la ausencia de su hija en la recámara, y sonaba útil un par de manos extra que, si bien no eran fuertes como para palear la tierra, bien podrían sostener una antorcha. Leonor, siendo prácticamente la única fémina en medio de dos hermanos de sangre y ocho primos-hermanos, estaba acostumbrada a ser tratada casi como a uno más, y a sus doce años todavía no había sufrido una verdadera discriminación de género: ¡vamos, hasta sabía leer, escribir, sumar, restar y discutir! (y hasta mejor que la mayoría de sus allegados, presumía).

La tarea les resultó aún más sencilla pues, cuando iban en camino a la primera posible locación, desde lejos ya se distinguían los fuegos fatuos —esas nubes como llamas que dicen son producidas por la oxidación de los metales enterrados—. En tantos otros con mayor imaginación quizás hubiera derivado en visiones terroríficas, en mis tíos simplemente causó escalofríos de emoción (el asunto les parecía aún más divertido tal vez como consecuencia de la monotonía y serenidad que hasta entonces había regido sus vidas). Así que, después de un par de horas de palear y pelear, la tierra empezó a dar de sí y a sonar hueca cuando dieron con la capa roja formada por un yacimiento de sulfuro de mercurio que dejaba entrever los tablones del primer cofre.

Ninguno intentó siquiera ocultar su asombro al descubrirlo. En las noches siguientes harían un inventario del contenido de los tres baúles: 95 escudos pontificios de oro de los años 1678 a 1805; dos medallas del siglo XVIII del Papa Clemente; 1122 reales de ocho escudos de oro y 2354 de plata, acuñadas en los albores de la primera república; cuatro casullas de seda y bordados en hilo de oro y plata en asombroso buen estado, una de ellas con la Virgen de Guadalupe y las otras tres con mezclas de Agnus Deis y cruces flordelisadas, trinitarias y de gloria eterna; restos de telas de lo que debieron ser ¿sotanas?; y dos cálices de plata y uno de oro, entre otras cosas como hachas viejas y artículos de tocador de diversos materiales aderezados con joyas inciertas.

Esa noche se les despertó la ambición del dinero que traían dormidita y no hubo necesidad de externarlo: los tres hermanos se dieron cuenta de que con todo y repartiéndose los contenidos de uno solo de los cofres ya se habían quitado de pobres hasta nuevo aviso. También sabían que, de enterarse de semejante hallazgo, el linaje franciscano de doña Teresa los hubiera conminado a deshacerse de él a la de tres, hasta podían escucharla sentenciando que "agua fresca la da el jarro, no de plata sino de barro". Entonces, bajo sus fallos irrevocables en cuanto a que de la fortuna no esperes lo que de tu trabajo no obtuvieres, y de que mientras tuvieran amor-techo-cobijo-y-alimento no había otra necesidad, los habría forzado a desprenderse de esas posesiones antes de encariñarse con ellas. Mi abuela era tan extremista en su repulsión a los bienes materiales que sentenciaba que apenas aparecía el dinero, desaparecía la familia; y eso, para ella, era el único oro que valía.

Era inútil tratar de argumentarle en contra porque lo veía con repulsión desde el dogma. Más que su cristianismo, era su franciscanismo lo que le impedía tratar con amor a las riquezas materiales. Por eso ni se molestaron en mencionarle que, mientras la acompañaban en Bucareli por el duelo del abuelo, durante una semana arrullaron el tesoro cada noche, madurando la mejor estrategia para adueñárselo sin avivar suspicacias. Acordaron que esperarían un tiempo para poder llevárselo entero, eso sí, dándole unos cuantos pellizquitos nada más por no dejar, de esta forma estarían cubiertos para cualquier eventualidad y para que su mamá, sin que lo supiera, no sufriera de dinero en el futuro. Después de todo sonaba más a destino que a coincidencia el que hubiera tres cofres enterrados y la madre Pachita les hubiera hablado en exclusiva a esos tres hermanos, se afirmaban como en lavado fraternal de cerebro.

El año de 1913 inició como el más nuevo de todos los años nuevos de la familia Burgos. La ausencia del abuelo se suspiraba todos los días, pero las noticias y los rumores de la calle le anunciaban al tío Cipriano armas y bríos y emancipación. Tío Tomás estaba de vuelta en sus rezos y mi abuela Teresa en Celaya con mi mamá y la tía Leonor, tristeando junto a Consuelo quien, a falta de mi abuelo Fortunato, se había convertido *ipso facto* en la compañía de lo que le quedaría de vida a Teresa. El progreso y las condiciones del país no se les habían civilizado tanto como para que, muerto el abuelo, hubiera alguna pensión que pudiera mantener a la viuda y a sus hijas menores; pero Cipriano y Tomás se las ingeniaron para hacerle creer a su madre que eran muy trabajadores y que podían con ellos mismos y con ellas tres, así que, gracias a los primeros empeños que hicieron del tesoro, el principio de la viudez y la orfandad les transcurrió a las mujeres Burgos sin mayor precariedad, y hasta con uno que otro lujo impensable en tiempos de Fortunato.

Cipriano, para el horror retraído de mi abuela, se empezaba a involucrar en los afanes políticos, la causa beligerante y sabíadios qué más, pero, siendo honestos, lo que más lo motivaba era el chacoteo, pertenecer a un grupo y estar con la pandilla militar bajo el cobijo del Caudillo rojo que al final le haría ver su negra suerte. Para la faena lo acompañaba su cófrade perpetuo: Justo, el quinto hijo de Ventura y Consuelo quien, dos meses y una frente menor que su primo Cipriano, era, había sido y sería por siempre su exacto par en complicidades y aventuras. Ambos, en las postrimerías de su segunda década de vida, veían en la defensa de sus ideales y en la guerra —sin duda porque la tenían con suficiente distancia como para producir más entusiasmo que miedo— un alegre ímpetu de adrenalina que jamás habían sentido.

El país, en cambio, se desmoronaba en desencuentros con la legalidad. Los casi treinta años dictatoriales de Porfirio Díaz acabaron en exilio en 1911 y en el ascenso del anti-reeleccionista y multi-idealista Francisco I. Madero. La ingenua debilidad democrática que despedía el nuevo presidente fue percibida por mucha gente como peligrosa y desconfiable. Además, sus antecedentes económicos de gran hacendado no le ayudaban para ordenar el caos que regalaban los distintos grupos proletarios y rurales y asociados que cada día le iban agregando reclamos al incipiente gobierno; de allí el oportunismo al que se treparon algunos para que, con menos de dos años de asentado el esfuerzo maderista, reinstauraran el golpestadismo en la nación.

En ese tren acabaron subidos Cipriano y Justo, y en ese camino anduvieron, vestidos de neófitos militares siguiendo los designios acomodaticios del primero que les cantó al oído. Seguían al Caudillo porque era la primera celebridad revolucionaria que les hacía ojitos y se sentían importantes, como que pertenecían a la historia. Entonces cualquier comentario en contra era leña que nomás avivaba el fulgor con el que barnizaron a su paladín. De esta forma, habiendo tantos peces en el mar y caudillos en la revolución, ellos fueron a creerle al que pasaría a los libros de texto como uno de los más grandes traidores de los afanes democráticos nacionales. Pero en ese momento los primos Burgos consideraban que su Caudillo era el único capaz de explicar y solucionar el desorden del país, junto a él sentían que contribuían a una causa mayor que ellos, a una trascendencia que los ponía en un plano moral superior que el de quienes miraban la guerra con la pasividad de las rocas bajo el caudal.

Su Caudillo era una fuerza de la naturaleza inmersa en renovación (a pesar de que el hombre septuagenaba durísimo y de novedad sólo tenía a sus adeptos), el ímpetu que emanaba les pintaba su vulnerabilidad en seguridad. El Caudillo les llenó su sentido de dirección y les dio explicaciones que no sabían que estaban pidiendo. Les gustó la historia que les contó y, sobre todo, el milagro que les ofrecía. Cipriano era un arquitecto frustrado a quien le daba, en sentido nominal y real, casi roña siquiera pensar en que había escandalosos cuya máxima aspiración era destruir simplemente porque ellos no tenían; para él la revolución no se trataba de un cambio radical sino de construir sobre los cimientos y defender las estructuras… y eso que él, para ser francos, no era como que hubiera navegado en una vida de abundancia económica. Así que nada, la idealización de la pobreza y el uso indiscriminado de sus características para defender la barbarie eran, a su parecer, injustificables. Entonces, si para poner orden había que dar de latigazos, pues él se ponía en primera fila para proporcionar los azotes a los revoltosos, cómo no. El miedo a la turba violenta y salvaje ayudó a que su sistema de pensamiento se les convirtiera en régimen de emoción y de acción.

Quizá, como en menor medida el mismo Caudillo, ellos luchaban por un mundo mejor, por una historia que creían sería la correcta y, sin soberbia y con genuina ilusión, veían en su líder a la única opción viable de entre miles, a la figura fuerte, al hombre bueno que podría librar al país de lo que consideraban como la escoria de las masas, de los arrebatos del alebreste social y de las arbitrariedades de los poderosos. Y no hubo razón, ni hechos, ni sentimientos que contrarrestaran el cariñito que le tuvieron hasta el último respiro que dieron por él. Cipriano y Justo, en realidad, sólo eran ingenuos de buena voluntad: estaban tan llenos de fe, tan fundamentados en la creencia del cabecilla, del deber, que se enamoraron de su presente como si no hubiera mañana y se les hizo música la grilla. Total que, aunque no traían bien claro el pleito, igual se fueron a la capital a combatir, llevándose, dentro del itacate, sus ilusiones y el compromiso defensor del país y protector de sus familias para iniciar su vida real de la mano de los usurpadores del primer gobierno democrático del siglo xx mexicano. (Y democrático muy asegún, pues pasarían al menos cuarenta años para que más de la mitad de la población, ésa que quedaría relegada al color rosita, pudiera votar, pero ya se sabe que en los afanes democráticos, como hubiera dicho mi abuela, para uno que madruga, siempre hay otro que no duerme.)

Menos de un año pasó para que Cipriano y Justo consolidaran su fe como hombres de un solo Caudillo quien, a su vez, era hombre sólo de sí mismo. Cuando los primos Burgos se adhirieron al movimiento, le compraron completita la historia de que no todos los rivales valían lo mismo y que el enemigo más cruento hablaba inglés. Por eso había que apoyar a su líder como corolario de la posible intervención estadounidense en los andrajos del país. Como ya se sabía que no iban por buen curso y hasta estaban embargadas las relaciones con Estados Unidos (el principal productor y abastecedor de armas para sus vecinos), era importante buscar un nuevo mercado porque los mexicanos se habían quedado con ganas de dispararse. La revolución iba tomando turnos para ver quién se subía al trono y para eso era necesarísima toda la munición que se encontrara cruzando el Océano.

La misión requería de muchos recursos humanos y materiales; y Cipriano, bajo los efectos del alcohol, del atardecer y de la retórica envolvente de su jefe, se comprometió a contribuir a la causa para defender a la patria en tan noble encomienda, no se diga más, mi General. Poco les creyó el Caudillo hasta que, una semana después, los casi escuincles le llegaron con tremendos sacos llenos de oros y platas y demás menesteres que para todo fin práctico se traducían en bastimento patriótico y victorias potenciales. Con semejante prueba de amor, el Caudillo les organizó una cena de honor y los ascendió en el acto a tenientes y, como tales, los embaucó en la faena de escoltar tan gratuitas y amables riquezas hasta el puerto de Veracruz, donde algún destacado colaborador del gobierno-usurpador (como la historia lo adjetivaría) les haría relevo para concretar la transacción europea.

Los Burgos no se imaginaron que el mar se movía, como que nunca se lo habían cuestionado, por eso cuando lo vieron desde el tren tuvieron miedo, y cuando sumergieron los pies en el agua rieron como los niños que ocultaban ser: todo hacía sentido ahora que entendían que el oleaje era viento en acción y les gustó la sensación de cosquillas cuando la espuma les escocía las ansias. Pasaron unos días felices en el puerto, acostumbrándose al inverosímil calor del invierno en la costa jarocha. El compromiso de mis tíos Cipriano y Justo llegaba hasta el flete del barco donde los valiosísimos sacos que contenían una tercera parte del tesoro habrían de permanecer diecisiete días escondidos en tremendas cajas de madera; pero la faena se les salió de control cuando a la camisa de Cipriano le dio por amigar con un importunísimo clavo a medio camino entre el piso, alguna caja y las ganas de bajarse del vapor que no les correspondía abordar.

Tres veces gritó la sirena despidiéndose y más veces intentaron en vano zafar o romper las ropas que los ataban a su nueva condición de polizones; los toritos de caña que traían en el sistema y que los habían puesto mágicos, quizá, tampoco ayudaron a que sus sentidos se avisparan y pudieran reaccionar más acertadamente a la contingencia. Y, sin mayor glamur, fue como el tesoro de uno de los tres baúles escondidos cerca del Convento de Bucareli terminó embarcado en la improbable aventura trasatlántica de los primos Burgos.

CAPÍTULO V

Les bastó escuchar las risas de Sebastián Larrenchea para pasar de la desesperación a la resignación. Larrenchea era comisionista y se encargaba de gestionar los menesteres legales (y los no tanto) que tuvieran que ver con el intercambio de mercancías en distintos puertos y comercios. En un tiempo cargado de credos, se las había ingeniado para no tener ideologías. Gracias a esa facultad pragmática, se convertiría en uno de los hombres de confianza de cualquiera de los gobiernos mexicanos en turno para supervisar la compra de municiones y demás mercancías bélicas europeas. Por instrucciones del Caudillo había conocido a Cipriano y a Justo dos días antes en Veracruz, donde no encontraron mejor pleonasmo que darse cita en el portal del Hotel Diligencias para acordar las minucias sobre cómo subir las pertenencias del tesoro en el barco.

La idea era simple: camuflar los contenidos en varias cajas de madera con henequén para simular una exportación a España. Larrenchea se ocuparía del papeleo en las oficinas aduanales y de la naviera Trasatlántica, mientras los primos Burgos supervisarían que las cajas fueran cargadas y acomodadas en el flete. Una vez en España, Larrenchea contactaría con su gente para que se encargara de pagar, revisar y transportar a México los pedidos armamentistas. Pero Cipriano era hombre de acción y no se pudo quedar quieto nada más vigilando, por lo que terminaron enmarañados y sin escape en medio del cargamento y la burla de su cómplice español.

Ni modo, ya estaban embarcados y a Larrenchea sólo se le ocurrió convertirlos en importantísimos hacendados henequeneros en comisión de negocios. Prestarles algo de ropa, documentación falsa y un poquito de su mundo. ¿Que por qué no se encontraban como pasajeros registrados? Ah, pues muy fácil, capitán: eran tan responsables, meticulosos y apasionados de su trabajo que por revisar su cargamento se les había pasado el tiempo para ver las minucias de los papeleos y las reservas de los billetes.

Por supuesto que no lo era, pero Sebastián Larrenchea se comportaba sin variar como el dueño de todas las ocasiones y su seguridad al hacer las cosas era lo que fascinaba a quien se le pusiera al lado. Su carisma rayaba en el contagio y sus pantalones blancos tenían un pacto con los dioses de la limpieza que generaban envidias y suspiros por igual. El capitán Domenech lo conocía de tiempo atrás y tenía una relación no sólo de cordialidad con él sino de admiración. Domenech sabía de la duplicidad moral de Larrenchea. Y bruto, bruto, no era, así que sabía también que le mentía, pero mientras sus historias hicieran sentido y le entretuvieran, no le importaba tener a bordo, si Larrenchea abogaba por él, al mismísimo Judas reencarnado... y en primera.

Si los encargados de la ley en tierra firme no decían nada, quién era él para contrarrestar sus designios en el mar donde hasta el derecho ondeaba. Además, no había mejor reto en el Mus que jugar con Larrenchea, no se iba a echar broncas si dos de los camarotes de primera los llenaban estos mexicanos mientras se pagara el billete aunque fuera a destiempo; en aquellas épocas de sequía económica en México (y casi que en el mundo entero), la popularidad de los pasajes de segunda, tercera y entrepuentes era proporcionalmente inversa a la de los de primera, por lo que los vapores en general viajaban con vacantes elitistas. Y despreciar dos precios completos hubiera sido de tontos, así que bienvenidos a bordo, mexicanos.

Los diecisiete días que duró el trayecto, Cipriano y Justo fueron bien recibidos y se les hizo fácil acostumbrarse a tener pan fresco y vino en todas las comidas; a poblar sus camarotes con salón, dormitorio y baños propios —más grandes que los hogares que toda su vida habían albergado sus sueños—; y a compartir historias y risas con su nuevo amigo y mentor. Larrenchea les enseñó un mundo diferente, impensable, lleno de lujos, trato preferencial y excentricidades... y les gustó. A Larrenchea estos dos le parecían fascinantes y disfrutaba mucho su compañía porque, si algo tenían los Burgos, era que su andar alegre por la vida les hacía ser encantadores.

Ambos rozaban el 1.80, que para estándar mexicano era acariciar el gigantismo. Y, mientras Cipriano llamaba la atención por el contraste de su piel casi morena con sus ojos claros (legado contundente de su antepasado francés), en Justo todo era armonía en ámbar; pero en realidad era en el alcohol donde más se les veía el parentesco. Altamar les sirvió para iniciar y sellar su amistad. Aunque, a decir verdad, Larrenchea desde siempre vio a los Burgos como bichos raros.

Quizá porque él trabajaba por comisión, y no por ideales, se le hacía increíble que estos dos realmente estuvieran convencidos de la honorabilidad de su causa y una parte recóndita de su ser se encendía con alguito de envidia cuando los escuchaba hablar con pasión de su misión y las bondades de su líder. Más aún, le había parecido increíble cuando se enteró de que el tesoro que estaban transportando, disimulado como henequén, bien podría haber sido usado para patrimonio personal, pero Cipriano prefirió ofrendarlo a la causa de su revolucionario. Eso, a Larrenchea, le parecía no sólo extraordinario sino una locura consumada. Tío Cipriano nunca reveló cómo había encontrado semejante fortuna, a Justo sólo le había dicho que en un paseo después de enterrar a su padre en Pinal de Amoles había visto algo que le llamaba la atención y cuando necesitó a su primo para desenterrar el tesoro, tan sólo mencionó la existencia de un cofre y dejó los otros dos resguardados bajo tierra para sus hermanos, honrando el acuerdo que tenía con Tomás y Leonor.

El vapor llegó a mediados de diciembre a Santander, donde Larrenchea conocía mejor los climas y el viento se le acurrucaba bien bajo el bigote; el tipo tenía colonizados a la perfección tanto al frío como a sus emociones, pero los Burgos empezaron a tartamudear desde que vieron a lo lejos Puertochico. Larrenchea, además, se conocía por nombres y aficiones a los encargados de las aduanas marítimas, así que antes de desembarcar ya había un par de carretas esperándoles para transportar la mercancía a uno de sus almacenes. Ya con el tesoro guardadito bajo llave de confianza, caminaron hacia la Plaza de las Farolas y consiguieron hospedaje en el Hotel Real. Era lo más conveniente pues estaba al lado del Banco Mercantil donde, por supuesto, Larrenchea no sólo presumía de su diversificación empresarial, sino que también contaba con una red de complicidades en las europas que serviría para vender los enseres del botín durante las siguientes semanas. Desde el principio acordaron que lo más apropiado era trasladar todas las piezas del tesoro a España, pues serían mejor valuadas en el mercado negro europeo que en el tumultuoso argüende mexicano. Y así fue.

Dos telegramas eran importantes y en la respuesta al primero tuvieron suerte de que no se les juzgara como desertores por haberse trepado en el barco: el Caudillo, con desvergonzado impudor, los absolvió de tal futuro y les enmarcó la misión de que, como hombres de su entera confianza que eran y dado que el destino los había colocado en aquella encrucijada, fueran ellos quienes supervisaran "la misión europea" —el eufemismo con el que adornarían las importaciones de bastimento armamentístico a México—. Para el encargo de sus recién ascendidos tenientes, caminarían junto a la guía de Sebastián Larrenchea. El segundo mensaje era para la familia que pasaría la primera Navidad sin ellos, pero al menos sabiéndolos juntos y bien.

Con los documentos falsos que Larrenchea les había organizado y la ilusión de todo lo nuevo que les pasaba, durante tres meses saborearon marmitas, cocidos y rabas mientras lograban convertir las posesiones del tesoro en moneda de uso. De igual forma, pasaban las tardes admirando y piropeando a las rederas mientras esperaban las respuestas de los pedidos de armas y municiones que habían encargado. A finales de marzo llegó el telegrama desde Bélgica y los tres encargados de la "misión europea" emprendieron camino hacia la armadora en Herstal. Los sacos con una tercera parte del tesoro de la madre Pachita estaban convertidos en moneda de cambio, claro, les habían dado unos cuantos coscorrones para sobrevivir (bueno, para vivir rebien y disfrutar con pequeños lujos su estancia española y lo que les quedara de camino). Durante esos meses de invierno santanderino, Larrenchea había convertido en hombres elegantísimos a los celayenses: ahora vestían lanas pulidas e iban con impecables chalecos y sombreros que los habían transformado en unos caballeros tan rotundos que hasta al espejo le costaba reconocerlos. Así abordaron el camino que los llevaría a recorrer en silencio el País Vasco.

Larrenchea no sólo no era profeta en su tierra, sino que vivía deseando olvidar sus arraigos. Había disfrutado sus primeros veinticinco años en Bilbao y se dedicaba al comercio hasta que una tarde regresó a casa para encontrarse el horror: una depresión postparto se había llevado, amarradas en una soga, a su esposa y a su recién nacida, y también a una parte del alma de Sebastián que jamás regresaría. Habían pasado ya más de cinco años de aquello, pero ni una eternidad hubiera sido suficiente para entender, perdonar y reconciliar sus emociones, entre ellas algo de humillación porque, en silencio y por las noches, se recriminaba todo, en especial su ausencia. Sólo durante esa parte del trayecto, los primos Burgos sintieron el cambio de actitud de Larrenchea, pero, con el tiempo que llevaban de conocerlo sabían que, a diferencia de ellos, el vasco era un hueso duro de roer y nunca expresaba sus pensamientos, mucho menos sus emociones, así que dejaron pasar la pesadumbre que despedía Sebastián y se concentraron en surcar la humedad y el frío invernal que todavía regalaba la primavera al sur del Golfo de Vizcaya.

Cuando por primera vez mi tío Cipriano escuchó a alguien hablarle en otro idioma, pensó que de plano ahora sí se le habían pasado las copas. Sabía que existía el inglés porque le habían contado que al otro lado de la frontera "los güeros" hablaban diferente, pero nunca se había enfrentado a la vorágine de Babel. Por eso enmudeció en el momento en que el policía francés, en los albores de la Gran Guerra, le pidió sus papeles en la minúscula y aterradora frontera de Irún. Larrenchea, en cambio, se comía el mundo en seis idiomas y adoptando nombres y personalidades al gusto del cliente, por lo cual rápidamente intervino y antes de que se dieran cuenta ya habían recorrido toda Francia y Valonia para encontrarse con las tantísimas FN-1910 que contribuirían al decenio de mortandad apodado "Revolución mexicana".

Lo que hacían no era compra ilegal, pero necesitaban ser sutiles en sus movimientos para evitar levantar cejas en Estados Unidos. En México, la situación con los vecinos era tan delicada que nadie se imaginó escuchar que el tío Justo (y la custodia de una buena parte del tesoro de la madre Pachita traducido en municiones), de regreso en el Golfo de México, terminaría siendo prisionero de los gringos. Mucho menos hubieran vislumbrado a Cipriancito desaparecido en Europa, pero para entrada la primavera de 1914 así rondaban los ánimos.

Sin quererlo, la imprudencia constantemente cabalgó junto al tío Justo, quien muy a pesar de su voluntad regresó de Europa cuando México no sabía si sus puertos en el Pacífico le hacían honor al nombre o estaban en guerra. Justo y Cipriano habían acordado con los hombres del Caudillo que el primero se encargaría de supervisar la navegación a México de la primera entrega del tesoro traducido en plomo europeo, al tiempo que Cipriano hacía base en Bélgica para esperar las noticias de que ya estaba listo para ser entregado el segundo pedido de armamento, que incluía millares de cartuchos Mauser y carabinas, y que se realizaría a principios de junio en Berlín.

Larrenchea tenía otras comisiones que atender, pues el de los Burgos (y, para todo fin ulterior, el de los mexicanos) no era el único cargamento balístico del que había que encargarse, por lo que, mientras acompañaba a Justo a subirse al vapor que lo llevaría a México de regreso, dejaba a Cipriano instalado en Bruselas en manos de buenos amigos de habla hispana que le solucionarían el día a día que el dinero no le pudiera conseguir. De particular utilidad sería Héctor Huertas, un porteño afincado en Bruselas que se movía como pez en las aguas europeas. Huertas dominaba el alemán, el francés y el vino, y desde que los presentaron congenió con Cipriano y lo adoptó como el hermano menor que nunca tuvo.

Héctor Huertas tenía veintisiete años respirando el mundo y seis residiendo en Bélgica. Y, un poco en sintonía con los principios que guiaban a Larrenchea, la única política que regía la doctrina Huertas era no meterse en asuntos políticos, él se encargaba de lidiar con las armadoras sin importar para quién o para qué eran las compras, otros cuestionamientos nada más le incomodaban la existencia y ni se los planteaba. A menudo viajaba a Hamburgo, Berlín y Lieja, pero la mayor parte del tiempo vivía cómodamente en Bruselas, en un departamento a lo alto de la Rue de Dinant, entre la Gran Plaza, la fiesta y los trenes. Allí, en su espaciosa y excepcional buhardilla de tres recámaras, se instaló Cipriano con él, después de que Justo y Larrenchea hubieran partido. Allí aprendió también a cocinar, a tomar cerveza y a enamorarse.

Pasaba la medianoche cuando jalaron la campanilla de Maison Sirène, la casa de paso preferida por los extranjeros, pues se promocionaba como el lugar donde las chicas trabajaban muy bien las lenguas, ya que hablaban muchos idiomas, aclaraban. Si hubiera sido un personaje bíblico, se hubiera dicho que Cipriano aún no conocía mujer, así que Héctor Huertas le solicitó a Madame Sirène que alguna chica "tierna, paciente y cariñosa" se encargara de su amigo. Cipriano estaba nervioso, ni en su imaginación había ido a un lugar similar y tampoco había estado en sus planes. Pero no supo cómo decirle que no a Huertas sin parecer un niño asustado. Apechugó y se hizo a la idea de que de esta forma sería su primer encuentro a solas con una ella.

Para su sorpresa, la muchacha que le asignó Madame no sólo fue tierna y cariñosa, sino que ni siquiera necesitó el poco castellano que deglutía para entender lo que estaba pasando y decidió que en esa ocasión sólo ella tocaría a su cliente, mientras él se limitaría a "dejarse". Seraphine era un par de años mayor que su mexicano, pequeñita de estatura, maciza y risueña; enmarcaba los hoyuelos que le salían a ambos lados de la sonrisa con su melena lacia y negra. Ambos se cayeron bien al instante y Cipriano se enamoró para siempre de la expresión triste y la nariz continua de su Seraphine Decharneux.

La segunda vez que se vieron le sirvió a Cipriano para darse cuenta de que necesitaba estar con Seraphine más tiempo que el que medía Madame, por lo que le pidió que le ayudara a conocer la ciudad. Tío Cipriano había llegado a finales de marzo a Bruselas, pero para mediados de abril conocía poco, y a Huertas le mataba de flojera salir a ver otra cosa que no fueran tarros de cervezas. Dos visitas más a Maison Sirène bastaron para que Madame se alborotara al enterarse de que una de sus chicas empezaba a entablar una relación con uno de los clientes y que, incluso, ya había salido en un par de ocasiones con Monsieur Burgos. En medio del escandalazo y el griterío, dejó a Seraphine de patitas en la calle con todo y sus lágrimas. Huertas y Cipriano no tuvieron más remedio que acoger a la señorita Decharneux quien, a su vez, también se enamoró del mexicano porque tampoco le quedaba de otra.

Anduvieron enamorados casi toda la primavera hasta que en junio les informaron que el pedido de Berlín ya estaba listo: Cipriano tendría que volver a México, aunque sus ganas de enfrentarse al futuro le pesaran ahora que su presente lo tenía lleno de vocecita de niño pequeño, ojos de corderito y cariñitos. Mi tío Cipriano tenía ya el plan y la historia armadísima en su mente: habría que finalizar la misión europea y, en cuanto entregara las armas al Caudillo o a sus compañeros, regresaría a Bélgica para casarse con Seraphine y llevársela a México. Era cuestión de tiempo, se reafirmaba, para que su gallo ganara la guerra civil y seguro a él le tocarían las mieles que derramaría el nuevo gobierno. Seraphine no dudaba que ése era su mejor destino, pues tanto su historia más remota, casi huérfana y sombría a las afueras de

Namur, como su pasado más presente, *chez* Sirène, no le daban incentivos para estar afincada en su país o sus recuerdos, y lo que le mantenía los hoyuelos sumergidos en los cachetes era la ilusión del futuro junto a su Cipgianó. Además, en Europa ya se empezaba a sentir la tensión pre-bélica y la idea de hacer con su cuerpo lo que el amor (y no el dinero) le indicara le sonaba a paz, a gloria pura y verdadera.

Se despidieron en medio de lágrimas, abrazos y juramentos, mientras Huertas rogaba, empalagado y fastidiado, que por fin pasara ya el tren que los sacaría de la Gare des Bogards rumbo a Berlín. Seraphine viviría en la buhardilla mientras buscaba algún lugar para ella sola, y se la devolvería a Huertas cuando regresara —en una semana, quizás algo más—. Cipriano había sido generoso con el dinero que sobraba del tesoro y, como prenda de su palabra de futuro con ella, sólo conservó para sí lo suficiente para sus viajes, así que dejaría bien acomodada a su prometida. Seraphine pasaría muchos meses en la buhardilla, saliendo poco en espera de que le regresara el amor o, de perdida, Huertas con informes de su hombre.

La esperanza es lo último que muere y, por eso, cuando Sebastián Larrenchea tocó la puerta en medio del otoño, ella ni sintió frío ni puso la cara de preocupación que ameritaba la circunstancia y con la que llevaba luchando los últimos meses. En cambio, le rogó a ese desconocido —que conocía bien a Cipriano y del que tanto había escuchado— que le permitiera acompañarlo en la tarea de búsqueda de su amor por Hamburgo.

CAPÍTULO VI

Por esas épocas, al presidente Woodrow Wilson, antes de que se le ocurriera que era buena idea que las naciones fueran amigas y tuvieran su propia liga, se le hizo prudente abalanzarse contra México. Al mandatario de Estados Unidos el Caudillo le daba nosequé en su vena democrática y lo quería fuera del gobierno de sus vecinos a como diera lugar, aunque ése fue el mero pretexto, la verdad. Y luego los mexicanos se le pusieron de pechito entre tanto faccionalismo y desacuerdos de liderazgos que si porfiristas, que si constitucionalistas, que si indigenistas, que si agraristas, que si villistas, que si zapatistas… en fin, que aquello era una arrebatinga tal que contagió a los gringos que pa' pronto quisieron entrarle a la moda del istismo revolucionario y terminaron con sus buques de guerra instaladísimos en los principales puertos del Golfo de México.

El gobierno mexicano en turno, por puritita supervivencia, continuó cociendo su alianza con Alemania, la única potencia que todavía veía con buenos ojos al Caudillo y a su tropa, pues tanto los franceses como los ingleses ya le habían puesto cara de fuchi porque no querían bronquearse con los gringos. En cambio, en alemán decían que México, siendo nación vecina de la que ya se perfilaba como potencia Occidental, era una posible base de operaciones de este lado del mar. El atractivo del país incluía también al petróleo, pero iba más allá, pues la pachanga y los golpazos que traían los mexicanos eran motivo de aplausos y de azuzamiento de los alemanes que entendían que, con tanto alboroto al sur de su frontera, los gringos tendrían suficiente en su plato como para andar volteando a los "asuntos europeos" —eufemismo elegantísimo para decir que por allá también ya andaban tramando cómo matarse—. Así que cuando el Caudillo les susurró un *Guten Morgen*, ellos gritaron felices: *und Guten Tag, und Guten Abend*. Y, esquivando otros preámbulos, el Caudillo negoció con los emisarios europeos la adquisición del titipuchal de cartuchos Mauser y demás menesteres bélicos cuya manufactura mexicana era —y sería— decididamente inexistente.

En este entramado se guisó una de las razones por las cuales Wilson vio con buenos ojos a quien llegara al poder de los mexicanos siempre y cuando no fuera el Caudillo pro-germano, pro-europeo, pro-copitas y anti-estadounidense. Entonces a los constitucionalistas, después de barrerlos un poquito con la mirada y la paciencia, les dijo, para infortunio del futuro del Caudillo y sus secuaces, que al final chance y mejor sí les daba su beneplácito. Los estadounidenses creían que con el embargo de armas impuesto no habría forma de que el Caudillo siguiera en el poder.

Por eso, cuando supieron que la banda caudillesca estaba comprando plomos del otro lado del Atlántico con ayuda de los alemanes, se dirigieron a los puertos mexicanos con la desenfrenada intención de evitar los desembarcos de municiones ajenas. Necesitaban encontrar un pretexto para adueñarse de las aduanas portuarias y se fueron a lo más burdo: plantando su bandera de cuarenta y ocho estrellas en Tampico. El asuntito del desafío, obvio, tuvo repercusión en el arrebatado orgullo del mexicano pues no-se-vale-oigan; el temor fundado de una nueva invasión estadounidense recaía en el recuerdo relativamente reciente de la pérdida del titipuchal del territorio nacional para el norte por lo que, ni tardas ni perezosas, las fuerzas mexicanas arrestaron a los marinos vecinos y le dieron el pretexto al Congreso gringo para autorizarle a Wilson el uso de las fuerzas armadas en las aduanas mexicanas.

Con estas andanzas fue como los estadounidenses impidieron por un ratito el desembarco de provisiones europeas y, para todo fin práctico, también el descenso de mi tío Justo, que anduvo dando vueltas con la marea entre La Habana, el puerto de Veracruz y Coatzacoalcos donde, finalmente, bajo el auspicio del Caudillo y en desacato de la orden ilegal extranjera de bloquear puertos mexicanos, descargó las cientos de cajas de mercancía armamentística que traía a cuestas. La usurpación aduanera estadounidense le supo a gloria a la unión mexicana, que de lo poco que tenía en común era su desprecio a las intervenciones extranjeras y, en particular, al mangoneo de los gringos en asuntos internos.

Revolucionarios o no, los mexicanos estaban de acuerdo en que, si habían de matarse sería entre ellos, no hacía falta un tercero que viniera a dispararles, así que gracias, pero no, gracias, porque con ellos mismos tenían y les bastaba.

Total que para cuando Justo pisó Celaya ya era junio, el mes en que se tuvo la última comunicación con Cipriano quien, desde su desembarco europeo, había enviado a su familia puntuales y escuetos telegramas cada quince días. Tío Cipriano tenía el acuerdo con el Caudillo de que viajaría con las últimas toneladas de armamento a finales de mes, cuando, rogaban, el revoltijo con los gringos hubiera pasado de moda. Lo último que se supo de Cipriano Burgos fue la compra de un boleto a su nombre en el buque alemán que lo transportaría de regreso a México desde Hamburgo. Los intermediarios alemanes, la latiniza de Bruselas, Larrenchea mismo: nadie sabía dar cuentas del destino del tío Cipriano, sólo anunciaban que unos días antes se había marchado con Héctor Huertas a Berlín, nada más.

Y, por si las cosas no estuvieran suficientemente enmarañadas, al Caudillo la situación se le fue complicando tantísimo que bastó menos de un suspiro para que se le olvidara siquiera el nombre del pobre incauto que le había regalado fortunas y futuros, a quien había nombrado teniente la noche que le bajó un tesoro para hacer y deshacer a su nombre y circunstancia, y a quien había laudado al ras de la barba por su valor y compromiso… y que ahora permanecía desaparecido como corolario de su causa, y en el anonimato de la mente de su señor.

Justo había llegado algo fastidiado y mareado de los relajitos europeos y marítimos. Algo vislumbraba, también, sobre la inminente derrota que les esperaba a los seguidores del Caudillo y su causa, así que poco le importó desertar de su ejército pues necesitaba, a la de tres, pensar un plan b en su vida. Si Cipriano seguía sin aparecer, debía ingeniárselas para juntar lana e ir en búsqueda de su primo a Europa. Pero para eso requería el hospedaje paterno y montar sede en Celaya, un ratito nomás. Se consolaba entre los festejos y el recibimiento de hijo y sobrino pródigo que le hicieron bajo la mirada agridulce de mi abuela Teresa, que añoraba al segundo hijo que se le había ido por amor a una abstracción.

Mi abuela procuraba no meterse en asuntos políticos: su intuición la llevaba a pensar que más valía pasar desapercibido por la vida pues estaba tan deshumanizado el asunto que si te notabas tantito cualquiera podía pegarte un balazo y ya qué chiste. Pero es sabido que por mucho que uno planee, luego el destino va por la vida ofreciendo lecciones imprevistas y, cuando llega, la guerra se cuela hasta en la conciencia.

El póster pegado afuera del Templo del Carmen anunciaba la inminente llegada de Caridad, una vidente cubana que hacía gala de un turbante excesivo muy de acuerdo con la amplitud de sus ojos y de los tremendos anillos que fulguraban dentro de la marquesina: "Que no le digan, que no le cuenten", gritaba el anuncio. Consuelo, a quien al contrario de mi abuela le gustaba ser el ajonjolí de todos los moles, ni tarda ni perezosa se giró frente a su comadre Teresa: tenemos que ir a verla, Teresita, debemos decirle que a ti también te hablan las ánimas, y que... pues, vamos a ser honestas, se te cuecen las habas por saber de Fortunato... yo no te veo bien y sé que lo extrañas, con suerte y él también anda buscando hablarte y pues no sabemos ni cómo, ándale, que te dé el truco y en una de esas hasta Fortis nos ayuda a saber del Cipriancito.

Para mediados de julio ya era una rareza que Cipriano no les hubiera continuado los telegramas. Habían pasado dos quincenas sin saber de él y, aunque su silencio todavía no se les había hecho la inquietud imperiosa en que devendría, era una preocupación menor, pero constante e *in crescendo*. Órale, Teresita, no perdemos nada y vayamos a verla. Y a verla se fueron.

La imagen de la publicidad no le hacía el favor a la sencillez de la persona. Caridad era dulce en su hablar y en su mirada, además de que en la vida real no llevaba puestos turbantes ni joyas. El problema con Caridad fue mi abuela Teresa. Normalmente los espíritus eran generosos con la cubana y le respondían con rapidez, pero cuando encontraron otro canal de comunicación decidieron cambiar de estación, como santa Pelagia cambiando de profesión. Así que, en plena sesión espírita, justo cuando uno de los participantes pedía noción de su familiar muerto, al difuntito en vez de hablar con acento cubano le dio por posesionarse de Teresa y ahí sí el susto fue generalizado.

A Caridad se le infartaron los ojos y enmudeció de rabia, pero en cuanto tuvo oportunidad le pidió a la abuela Teresa, de la manera más atenta, que se fuera del recinto. Ya qué más daba, el daño estaba hecho y, después de que el espíritu traidor prefirió a la advenediza para dar solaz y palabras de ayuda al fortuito mortal que buscaba algún último consejo de su padre fallecido, mi abuela se trepó en un halo de inesperada popularidad.

Para colmo, las fuerzas de todos los grupos militares empezaban su omnipresencia en la ciudad y, como era de esperarse, alguno de los comandantes tuvo a mal presenciar el alboroto e irles con el chisme a los altos mandos que, como imperecederamente caminaban tan juntito a la muerte, iban por la vida buscando consejos de ultratumba. El chisme de lo que había pasado en la sesión de la cubana rodó entre todas las cúpulas castrenses de la región hasta rebotar en los oídos y apetitos del General. Pero, por si el anonimato no hubiera sido lo único perdido por la imprudencia de sus "dotes", lo que más le dolió a mi abuela fue que ya no halló la forma de saber cómo contactar a su marido.

Qué se iba a andar cuestionando mi abuela Teresa la posible incongruencia entre su fe católica y sus interacciones con los espíritus. Jamás entendió sus abordajes espirituales como heterodoxia religiosa. Llevaba las cicatrices eternas de su adorada Pachita y de Fortunato, pero el hablar con espíritus le daba consuelo, sentido y coronaba su católico

andar. Al final, en respeto y en congruencia con sus dogmas, el espiritismo contemplaba la jerarquización de las
almas debajo de su Dios, y listo, se repetía porque no es
lo mismo creyente que creído. No, mi abuela nunca pensó
incongruentes sus creencias, si acaso todo lo contrario, y la
mediumnidad no era sino reiteración de su propia fe pues
la manifestación espiritual iba en concordancia con lo que
se sabía: carne y espíritu eran uno solo en la Tierra, y lo
verdaderamente atemporal eran las ánimas.

Teresa, que iba despidiéndose de todos con su que-en-
el-cielo-nos-veamos, creía científicamente que el paraíso
era una dimensión de la Tierra. No usaba esos términos.
Ella no llamaba la-Tierra al planeta (tampoco decía planeta), pero se refería a este plano mortal entrelazado con
el espiritual. Vamos, le acomodaba bien suponer una vida
inmaterial después de la muerte. De cualquier forma, ser
espiritista era algo que, sin lugar a dudas, le había dado
cierta vergüencita externar y su inesperada fama a consecuencia de sus "poderes" se le presentaba como una calami-
dad: asociaciones espíritas de Celaya y de varias ciudades
vecinas la buscaron para adherirla a sus membresías, pero a
ella no le interesaba lucrar con la transmisión de mensajes
de ultratumba, por lo que su vocera y lapa, Consuelo, de-
clinaba todas las ofertas. Bueno, todas, sí, menos la que el
General les brindaría una tarde con olor a nance, pólvora
fermentada y pastizales quemados. Fueron los espíritus los
que acercaron al General con mi familia porque él, cuyo
porte imponente y valentía frente a los vivos era tan sabida

como alabada, sufría debilidad por las ánimas que no podía tocar.

Fue en esa época cuando a mi tía Leonor le tocó el infortunio de hacerse mayor y, casi cuando los demonios del país se soltaron en el Bajío, a sus hormonas les dio también por descontrolarse. Por si fuera poco, al mismo tiempo al mundo a su alrededor le dio por creerse en serio eso de que mi abuela tenía poderes extrasensoriales y no se hicieron esperar las visitas, tanto de vivos como de no tanto. El General, que buscaba en cada campamento orientadores espirituales que le auxiliaran en consejos de ultratumba, encontró a mi abuela Teresa, una tarde naranja de verano, bañando a jicarazos a su hija Leonor en la sala (comedor-cocina) de su casa.

Junto con los dos militares que lo acompañaban caminó sobre el hilo rojo que desprendía, diluida en agua y jabón, la mensualidad de mi tía que se escurría por la puerta de la casa y, por una vez, en singular ironía de hombres acostumbrados a poner las reglas y a ver y provocar sangres ajenas, sintieron pudor del color rojo. Sin decir palabra, los tres consideraron prudente esperar unos minutos en silencio para no importunar demasiado mientras las mujeres, dentro y sin percatarse de lo que sucedía a una pared de distancia, continuaban con sus menesteres.

Tía Leonor estaba estrenando sus catorce años, pero su cuerpo ya se creía más adulto y así se mostraba ante el mundo. El General igual lo notó cuando volteó y, a través de una ranura metiche de la puerta, conoció a mi tía

Leonor desnuda —como en una premonición bíblica que habría de derivar, infaliblemente, en pecado—. Tal vez por eso siempre se sintió su dueño y al final era cierto, quizá no le había dado su otra costilla, pero sin lugar a duda eso fue en la vida de mi tía: su señor. Esa pasión fue incorrecta de origen; y, ésa, razón suficiente para aferrarse a ella. Desde que conoció al General, mi abuela Teresa sucumbió ante su carisma y también le entregó, en diferente forma, algo de su corazón. El General, después del estupor de inicio, recuperó la pose y tocó la puerta con la seguridad que constantemente proyectaba. A mi abuela las visitas, a menos de que fueran de Consuelo, la verdad es que no le caían bien y, cuando vio afuera de su puerta a los tres militares, se asustó, pero igual disimuló la firmeza que se le había escapado.

—¿En qué puedo ayudarles, caballeros?

—Buenas tardes. Nos dijeron que aquí vive la vidente —vociferó la tesitura de barítono consumado del General. Mi abuela puso cara de que la virgen le hablaba porque ni de loca se iba a autoproclamar vidente, así que mejor se abstuvo de diálogo, mordiéndose el labio superior mientras recordaba cómo se respiraba. El silencio no fomentó la paciencia de los señores que no tuvieron más remedio que tratar de indagar de otra forma.

—Hola, doñita —intervino uno de los dos acompañantes del General—. Soy el Teniente Comillas. Es que aquí EL General escuchó que usted es buena con las ánimas y pus es que mi General tiene interés en que usted sea su enlace aquí en la región.

Mi abuela ahora sí de plano tembló: EL General, ¿el famosísimo general en su casa?, si había gente notable en el desastre de guerra que padecían se contaban con los dedos de una mano, y resultaba que el índice era EL General. No podía rechazarlo así como así, como ningunéandolo tan feo, pero pues tenía a la hija medio desnuda, un desastre monumental en la casa, y había que pensar en cómo decirles que ella no era lo que ellos andaban buscando... ¿o sí?

—Aguántenme a que acomode tantito mi casa y ahorita los hago pasar... y, y nomás le pido, Teniente, no me cargue con el mochuelo y no me ande doñiteando, por favor, soy doña Teresa, o la Señora Teresa de Burgos, pero no, doñita no, si me hace el favor.

Los hombres rieron desde afuera y esperaron a que mi abuela recobrara ánimos, arreglara un poco la casa y les ordenara a sus hijas que se quedaran bien quietecitas en el cuarto mientras ella lidiaba con los militares. En cuanto estuvo lista para recibirlos les indicó que pasaran y el General propuso el negocio.

—Encantada, Dios me dé vida para servirles —extendiéndoles la mano, les otorgó, para siempre, toda la confianza al General y a sus hombres.

A mi abuela le parecía una exageración eso de que ella pudiera controlar sus encuentros incorpóreos. Ella sabía que no comandaba a las ánimas ni podía hacer convocatorias espirituales; los habitantes del más allá, cuando querían, se apoderaban de su estado de ánimo y creía que no había poder para que pudiera cambiar la dirección de las comunicaciones. Luego pensó que el acuerdo con el General era el único camino para acercarse a la situación de Cipriancito y, a como andaban los ruidos y los ambientes de la ciudad y el país, no estaba de más tener algún tipo de protección para sus hijas. Como ya se sabe, cuando se quiere a los hijos el reto es encontrar imposibles. A esas alturas de la guerra, Teresa se tragó las premisas que le hubiera regalado la intuición y se había dado cuenta de que ser pacifista de cualquier forma la hubiera convertido en traidora de todos los bandos. Así que lo meditó y llegó a la conclusión de que era útil aliarse al equipo que estaba en contra de la causa del "usurpador" en el gobierno, como llamaba al Caudillo; aquél que le había vendido su proyecto a su hijo Cipriancito y por quien ahora estaba desaparecido en sabíadios qué fiestas.

Cuatro faltas tenían ya los puntuales telegramas de Cipriancito y la duda empezaba a sonar a pesadilla, por lo que desde el inicio el trato fue simple y conveniente para ambas partes: la abuela Teresa le ayudaría al General con la invocación de los espíritus que le proporcionarían consejos castrenses, al tiempo que el General buscaría pistas para encontrar el paradero de mi tío. El Caudillo había servido en el gobierno anterior y en el novedoso, y sentía que los botudos del Norte eran unos improvisados irredentos a quienes había que poner un alto, después alguien le ha de haber dicho que él era tan picudo que solito podía con el país y todas sus vicisitudes y el pobre no tuvo mayor criterio que creerse semejante aforismo.

Al final lo que pasó es que la soberbia se le convirtió en ambición y el tabique le quedó grande porque cuando intentó subirse, se mareó y con un soplidito se cayó. En su ruina se llevó también la de millones que tuvieron que seguirse acomodando en la lucha y esquivando plomo, hambres y suciedades. Digamos que, para muchos, la necedad del hombre alargó un sufrimiento innecesario. En cambio, para el General, la decadencia de la causa del Caudillo afianzó los pasos que venía sembrando en la política y fue el factor decisivo para acercarse a mi familia, entonces como que después ya medio hasta le agradecía porque, decía entre risas, al enemigo hay que reconocerle sus virtudes a cada instante.

CAPÍTULO VII

Ese mismo día empezaron las sesiones. Para las invocaciones, ordenó mi abuela, sólo podrían estar presentes el General y ella. Los otros militares, si así lo deseaban, podrían hacer tiempo en las banquitas de afuera del rancho porque ya se sabe que logra lo que quiere quien esperar puede, así que ahuecando el ala y a empezar por un poco de agua con romero, sentarse en la mesa, encender las velas, quemar algo de incienso y persignarse que pa' luego es tarde.

—No, doña Teresa —respingó la sonrisa del General—, ¿deveras cree que si no saludo a Dios en batalla, lo voy a saludar aquí?; yo no me ando con esas jerarquías eclesiales. Ni creo en su Dios, cómo lo voy a andar saludando.

—Yo no tengo espíritu de san Sebastián como para andarlo convirtiendo, General, pero en esta casa el único ateo, y nomás por humildad, es Dios; entonces, si usted quiere que hagamos tratos, se va a tener que aguantar a que aquí uno saluda a Dios como Dios manda. Si las ánimas lo que quieren es llegar ya por fin con Él, pues a Él hay que pedirle que nos las traiga para que se las mandemos, ¿o cómo cree que funciona esto? Mire, yo le voy a decir que no porque usted sea quien es va a venir a imponer sus reglas aquí. Si hasta san Agustín logró quitarse el vicio, cómo no va usted a poder hacer la señal de la cruz.

El General estaba acorralado y no le quedó más remedio que adorar a mi abuela al instante, no porque compartiera sus opiniones, sino porque se le había puesto al brinco dejándolo arrinconado: si no cedía no iba a haber tregua que le trajera a sus espíritus, entonces mejor lo tomó con filosofía y corroboró lo que ya muchos sabían, y es que cuando se estaba en compañía de Teresa de Burgos, no había quien quisiera irse.

—Está bien, doña Teresa, usted gana y en nombredelpadredelhijo… amén. Si usted quiere, yo creo en su Dios cuando estemos aquí, pues.

—Muy bien, General, vamos a llevarnos bien porque pa' los toros del jaral, los caballos de allá mesmo. Si nomás faltaba que el vino creyera que no hay agua. Hay cosas que son de ser y hay otras cosas que son de creer. Todo el mundo puede creer en lo que a su bien le parezca justo, pero nadie tiene por qué andar dudando que lo que otros creen no es cierto. Yo ahorita le podría decir que no es cierto que yo sea médium y hable con las ánimas, pero si usted ya trae su creencia, quién soy yo para descreerlo. Vea cómo quedó santo Tomás con Jesús por no creer sin ver.

Así fueron creyendo, con cada sesión y tras cada visita del General a las Burgos, él, en lo que le iban diciendo los espíritus que se encontraba mi abuela y que lo llenaban de la paz que no encontraba en batalla; ella, en prácticamente todo lo que le decía su General. Y así, entre las hiperventilaciones de mi abuela después de entrecerrar los ojos bajo la mantilla negra de encaje que le cubría la cara, se mezclaban con la ya de por sí voz grave de Teresa las voces que en ocasiones le reafirmaban al General por dónde ir, cuándo replegarse, cómo lanzar el ataque; las ánimas que, en especial, le reiteraban al hombre lo que quería escuchar: que vencería a todos sus enemigos, que sería el máximo líder, que traería la paz y la prudencia al país: que dejaría un legado.

Tras cada asamblea, cuando el agotamiento transportaba a mi abuela al borde del desmayo, salían sus hijas del cuarto a preparar el chocolate caliente que le ofrecían al General quien, feliz, después de escuchar música para sus oídos, tenía tiempo para relajarse y reírse de las ocurrencias de lo que quedaba de mi abuela, y de las puntadas de mi tía Leonor y mi mamá.

Durante los años que se conocieron, el General y mi abuela Teresa entablaron una amistad basada en el más genuino respeto y admiración mutua. Cuando estaba en la región, lo primero que hacía era tocar la puerta de las Burgos esperando el consejo de los espíritus… y ver a mi tía Leonor. Al ánimo del General le gustaba el descubrimiento y la exclusividad, y el hecho de que mi abuela Teresa invocara sólo para él y fuera novata en sus convocaciones espiritistas la instalaba en un sitio especial dentro de sus simpatías.

Las sesiones eran informales y al final terminaban en consejos de amigos, además de que casi todo el tiempo incluían adelantos de la investigación sobre el paradero de Cipriano y algún "gustito" que el General regalaba a la familia: esencia de lavanda, pañuelos de seda, golosinas para mi mamá o anís para mi abuela. Con las cuentas claras y el chocolate espeso, poco a poco fueron armando su relación de conveniencia.

Mi abuela, para facilitar la llegada de las voces que ayudaban al General, no perdonaba ni un día el pasearse por la Iglesia del Carmen donde se leía completito el periódico que ya había escudriñado el Padre Agustín. Teresa era de las pocas mujeres que en su época sabían leer o estaban interesadas en buscar algo con letras. El padre no veía reparo en "olvidar" las lecturas en alguna banca del atrio, o en la escuela parroquial, pues hasta le causaba gracia cómo la señora Teresa empezaba rezando y terminaba devorando las páginas. Se había encariñado con ella desde épocas ancestrales, cuando supo sus orígenes infantiles en el Convento de Bucareli y, tiempo después, la quiso para siempre cuando atestiguó la entrega alegre de su hijo al seminario, por lo que veía en Teresa a una fiel irredenta que le hacía más bien que mal a la vida.

Aunque escuchó rumores de que a mi abuela se le aparecían las ánimas para hablarle, él desechó cualquier pecado, pues era incapaz de ver maldad en su actuar. Incluso le aplaudía muchas decisiones, como la de ponerle los hábitos carmelitas a la juventud de mi tía Leonor. Cuando mi tía cumplió catorce años, pocos días antes de que el General llegara por primera vez a sus vidas, a mi abuela se le hizo prudente pagar la manda que le había hecho a san Juditas y por eso la pobre Leonor andaba por la vida vestida de hábitos.

Resulta que cuando nació su primera hija, lo que hoy es una dermatitis atópica del lactante, para mi abuela Teresa no podía ser sino una cosa del demonio, o un castigo divino —que quizás era peor—. Tal vez el mal les había llegado por no ser suficientemente agradecida con la vida o por no llamar a la niña por su nombre baptismal, a saber. Igual mi abuela agarró el virus de la culpabilidad que van arrastrando todas las madres frente a cualquier situación de sus hijos. Y entonces cuál médico: mi abuela hizo lo que pensó más adecuado y llevó a su hija a la iglesia para pedirle a san Judas Tadeo a ver si él le resolvía el cutis empedrado y se dedicó por dos años a untarle cuanta cosa escuchó y cuanto menjurje se le presentó por las manos y las ideas.

Total que el santo andaba con deficiencias de oído, porque nada le mejoraba el cutis a la criaturita hasta que, en el verano de su segundo aniversario, la abuela Teresa entró en razón y cesó de embadurnarle sandeces a la chamaca e insistió. La volvió a encomendar con san Juditas, pero aumentó la apuesta: si mejoras a mi niña, le susurró en desespero a la escultura que le sostenía la mirada, te hago la manda de vestirla un año en hábitos. Y, como si a las veladoras se les hubiera iluminado la petición, al día siguiente la piel de mi tía empezó a mejorar y, más de una década después, así celebraría sus catorce años: vestida de monja y sin ganas de hacer gran cosa o hasta de salir al mundo, la verdad.

Pero ni falta que hizo porque el mundo le llegó a la puerta de la casa y, en cuanto vio que el General le ponía atención con todo y su áspero hábito clariso, sus ánimos le regresaron al cuerpo y le inauguraron un huequito de emoción en la panza y un calor súbito al final de las costillas cada que escuchaba la voz del tipo. Al hombre la obsesión por mi tía se le metió por los ojos y a ella la de él por los oídos. Al General le causaba gracia la anécdota y la aventura del hábito mientras le daba entre curiosidad y morbo adivinar y recordar el cuerpo de Leonor detrás de las ondas cafés que se marcaban cuando se movía.

Sin embargo, para tía Leonor todas estas conflagraciones de la vida habían ido mermando su autoestima y le habían ido bajando los humos de a poquito. Leonor había sido la bebé que cantaba más alto, la niña que hablaba más fuerte y empezó a ser la joven que discutía más intensamente hasta que la vida le fue devorando sus ímpetus, cacheteándole cada atribución. Hasta la muerte de su padre, Leonor había sido consentida por todos y la habían hecho sentir la dueña de sus hogares: el nuclear y el extendido en la familia de Ventura y Consuelo, donde su calidad de primogénita le había servido para conquistar caprichos y argumentos.

Poco a poco el destino le fue cambiando y desde hacía tiempo le estaba prohibido jugar con sus primos, ya era una señorita y no debía subir a los árboles o correr con varones, y ni pensar en permitirle asistir a la escuela. Eso sí, mi abuela desde la primera respiración de cada uno se había empeñado en enseñarles cosas básicas a sus hijos, y fue ella quien les descubrió las letras y los números, pero, a pesar de que era bastante progresista para la época, el conservadurismo le salía con sus hijos, particularmente con Leonor que ahora era una mujer en ciernes viviendo en un hogar sin hombres, en un país que medía el tiempo en machismo y estaba en medio de una guerra civil.

Se sabía que los militares de todos los bandos, en mayor o menor medida, se adueñaban de lo que iban encontrando a su paso: mercancías, casas, ganado, cuerpo de mujeres y vidas de hombres; por eso las primeras vivían con el temor de ser ultrajadas y los segundos escondidos hasta nuevo aviso. Con más frecuencia se escuchaban rumores que iban haciéndose noticias con nombres conocidos del vecino a quien habían amarrado a las yuntas de los bueyes, o de violaciones en masas sin turnos; historias de indiscutible terror cercanas a la empatía y la geografía. Los conflictos bélicos, como cualquier otro desastre —natural o artificial— sacan a relucir lo mejor y lo peor de la gente. Y así, aunque algunos defendían su actuar bajo el argumento del bien común o de la causa moralmente más importante, la mayoría se curaba en salud escudándose en ideales mientras actuaban como criminales de guerra.

Mi abuela Teresa se enojaba con la ironía de las atrocidades de los bandoleros que buscaban otorgarles patria a algunos mientras les daban en la madre a otros. La vulnerabilidad que sentía mi abuela, al saberse sola con dos hijas, se le hacía tan grande como fue el alivio cuando las visitas del General se sistematizaron; mejor noticia aún fue cuando el General decidió asignar un par de soldados permanentes que se turnaban en los umbrales del que en otros ayeres había fungido de rancho y ahora era la vecindad donde creció mi familia. Allí estaban, de sol a sombra, custodiando, sin ser tan invasivos, la entrada a la casa de las Burgos y con órdenes de seguir cada paso de las mujeres para que en realidad nunca estuvieran solas. Doña Teresa, a cambio, les llevaba puntualmente los alimentos y el chocolate espeso por la tarde.

Teresa había notado también la electricidad que se producía cuando su hija mayor y el General estaban juntos. No le causaba mucha gracia, la verdad, pero sólo por la edad de su hija. El General entonces era viudo y, hasta eso, el posible maridaje entre él y Leonor no se le hacía tan mala idea. En unos añitos, claro, cuando su niña dejara de ser tan joven como para afianzarse. Mi abuela no se enteró de lo que pasaba tras bambalinas cuando el cansancio de las visitas de los espíritus la dejaba semiconsciente y con las ganas exclusivas de recostarse y apagar los ánimos.

Era todavía otoño cuando por primera vez el General le pidió a Leonor, después de que regresara de acostar a su madre y de recoger las tazas del chocolate, que lo acompañara a la puerta. Allí, detrás de las maderas que la separaban de su hermana menor y del sueño de su madre, mi tía escuchó por primera vez el interés del hombre que la tomó de las manos y le susurró en la oreja cuánto le gustaba y las ganas que tenía de besarla en ese instante. Allí, también, después de cada visita fue oyendo las frases que se repetiría luego, para dormir sonriendo y sentirse especial, cuando el General la azuzaba con que era demasiado bonita como para ser tan tímida, o con lo cuánto le gustaban sus manos y sus labios y las ganas que tenía de sentirlos.

Desde entonces la imaginación, el calor y las ilusiones de mi tía giraron en torno al General, a sus llegadas, y, sobre todo, a esos momentos de la despedida cuando el hombre rebosaba de labia y ella de la ingenuidad que de a poquito iba perdiendo sin que le disgustara tantito. Pero no fue sino hasta el invierno cuando el hombre por fin le robó la castidad a su boca y se adueñó para siempre del futuro de mi tía. Un beso bastó para que, desde entonces y para todo, sellara en su esperanza sus sueños y su amor por él.

Por esas fechas mi abuela empezaba a sospechar, y cuando encontraba lo que sentían los ojos del hombre al ver a su hija, sólo atinaba a insinuar que no, General, si mi niña todavía no sabe hacer tortillas. O trataba de lanzar advertencias de que en esa casa se tendía la cama como Dios mandaba, pero el General la miraba y se reía, negando cualquier insinuación de la señora Teresa.

Ese invierno el frío fue tan brutal que el chocolate les duró poco. Los espíritus de esa tarde no le auguraron un buen inicio de año al General, y mi abuela tampoco le presagió el mejor de los días al hombre: no crea que no he visto cómo mira a mi hija, General. Usted ya tiene un campo arado, no vaya metiéndose en caminos espinados. Usted sabe que yo estoy sola y somos humildes, y también sabe que le guardamos un cariño especial, pero primero va el pellejo y después la camisa. A mí me está poniendo en una situación difícil porque sé que al caballo se le habla bonito cuando se le quiere montar, y que cuando uno conoce a una nueva virgen le reza y le pide algo; y me imagino lo que usted le quiere pedir a mi hija, General, pero lo que no sé es qué le va a rezar y si eso me va a bastar. Yo me encomiendo con san Vicente para que me entienda y pa' que usted también juzgue que no por querer ir matando víboras en viernes santo, luego me deje a mi niña llorando sobre leche derramada, así que sobre el muerto las coronas y usted a lo suyo, que no se puede chiflar y beber atole al mismo tiempo. Pero al General las conjeturas de mi abuela lo que le provocaban eran cosquillas en la conciencia y se le carcajeaba el alma: ¡Qué cosas dice, doña Teresa! ¡Qué cosas dice!

Un par de semanas después, cuando regresó el General, los espíritus y el clima volvieron a su generosidad. El futuro, como bien habían predicho las ánimas, le dejaría al General estar al frente del ejército que sacaría del poder al Caudillo, pero la victoria absoluta todavía no estaba ganada por completo —como también, acertadamente, habían aclarado—, y era necesario que su bando aplacara los ánimos de los rebeldes de todas las coordenadas que hubiera para apaciguar. Celaya tenía la ventaja de encontrarse a medio camino del país, es más, era el paso obligado del norte a la Ciudad de México —que al final era donde todo se notaba—, así que se reafirmaron los pretextos para instalarse en casa de las Burgos cuando hiciera falta y con mayor frecuencia. Además, el buen humor de mi abuela con el distanciamiento del par de meses anteriores había regresado, y al General le gustaba que casi siempre los diálogos con mi abuela terminaran regalándole risas que iba repartiendo luego en anécdotas para sus compañeros. Como la imposibilidad geoespacial de Teresa.

—¿Qué noticias tiene de arriba, General? —preguntaba mi abuela intrigada por los desarrollos de las guerras en México y en Europa.

—¿Cómo de arriba, doña Teresa?

—De México, pues, General: de la capital.

—Pero si México no está arriba sino debajo de donde estamos —se divertía el hombre.

—Ay, General, ¿de dónde llegan las órdenes si no es de México?, pues de arriba, pues.

Total que a mi abuela no podían hacerla leer un mapa, y arriba estaban Estados Unidos y la capital porque para ella no eran coordenadas geográficas de análisis de cartografías de papel donde el norte arbitrariamente está arriba y el sur, abajo. Para ella las coordenadas importantes eran las jerárquicas, y si las órdenes venían de la capital, pues eran de arriba, y al General le daba risa y se aguantaba más razonamientos necios de la mujer porque, por cada desvarío, había muchas más consignas que lo reconfortaban. Como cuando llegó la primavera de las batallas lesionadas y la depresión y la desesperación que estaban a punto de invadir al hombre más que la gangrena.

—No se impaciente, General. No se olvide nunca que las heridas que se reciben en batalla dan más honra que la que quitan —lo animaba—. En esta vida hay que velar por uno mismo siempre teniendo en cuenta a los demás. Mire que luchar por el bien común es todo menos ordinario, así que si usted se achicopala, también lo hace la mitad del país que cree y siente lo que pasa por sus venas.

Mi abuela se sorprendía de sus palabras. Ella, que había estado tan en contra del conflicto y le había huido tanto a agarrar partido, ahora estaba tan en medio de él, aplaudiéndole y apostando todo por su único e indiscutible gallo. Pero era genuino el cariño que durante todos los meses había ido desarrollando por el hombre, lo había escuchado dar sus razones y le había impugnado algunas, pero muchas otras se las aplaudía no sólo porque sabía que el afecto le llegaba también de regreso, sino que la lógica del General resultaba irrebatible la mayoría de las veces, además, ya estaba cansada de escuchar cañonazos, de respirar miedos y de que esta guerra fuera tan intermitente.

Como si no fuera suficiente para los nervios, se seguía sin saber bien a bien del paradero de Cipriancito, alguna información incluía sitios impronunciables como Geesthacht, pero lo único certero era que el tío no había dado señales a su familia en más de medio año. El General, en cambio, había logrado comunicarse, a través de mi abuela, con innumerables consejeros que le habían atestado infalibles prescripciones como que sería el triunfador de todos los bandos. Al menos su clan en las revueltas ya estaba, en teoría, a cargo del país, pero faltaba domar los arrojos de los septentrionales descontrolados.

Fue en diciembre de 1914 cuando al General le informaron que el cuerpo del tan añorado joven Burgos había sido encontrado, pero no se le hizo prudente dar semejante noticia en el momento. Sin mucha hambre, prefirió tragarse el recado un ratito más. Teresa le hacía falta entera y, si decía lo que sabía, casi que seguro no podría serle útil en lo que vendría a consolidarlo como el finalizador de las convulsiones del país. Mejor se calló la verdad y fue soltando esperanzas simuladas en las supuestas indagatorias sobre el destino del tío.

CAPÍTULO VIII

Quince años estrenaba el siglo y, mientras el tío Tomás estaba de misiones en el sur del país, mi tía Leonor, mi mamá, la abuela Teresa y la familia de Ventura y Consuelo empezaron a sufrir la guerra. Por esos días la lluvia sonaba a balas y los truenos a cañones, pues a la naturaleza le dio por imitar lo que oía en el campo de batalla en que se había convertido el Bajío. Las milpas ya no olían a verde sino a pólvora y hambre, y los ojos de la gente veían, como espejos desganados, desidia y miedo por doquier. El costo de los alimentos —que en sí era un problemón— no era tan grave como el desabastecimiento. El uso de los cachitos del tesoro (que sus hijos le habían entregado a mi abuela como sus ahorros laborales y tenían traducidos en reservas de emergencia) no servía de mucho cuando no había insumos que comprar. Los trenes pasaban cada vez con mayor frecuencia, pero transportando bastimentos de guerra mezclados con mano de obra para la muerte, gritos y juergas eufóricas de sus tripulantes listos para matar o morir, pero las provisiones alimenticias ya no llegaban ni en anhelos.

A todos, como en mecanismo de defensa, empezaron a entumecérseles las aprensiones; como que no terminaban de entender que en serio se les venía encima el cataclismo y enmudecieron su presente negándose a creer la evidencia de la guerra desbordándoseles. Mejor omitían el futuro mientras volteaban los ojos a su pasado feliz porque no había forma de visualizar un optimismo. La revolución se les albergaba en la nariz, los ojos y los oídos, pero se rehusaban a darles crédito a sus sentidos porque eso no podía estar pasando, porque era menos útil pero más fácil ser complacientes con la negación. Sí, la desolación se les desbordaba por cualquier poro público, por todos los rumores y los gritos de la calle, pero también les recorría en la privacidad y prefirieron silenciar las aprehensiones y las sorpresas porque sólo omitiendo el terror podían darle forma a la esperanza de cualquier inhalación venidera.

La gente, incluida mi familia, le veía cara de manjar a todo animal que se encontrara en su senda, incluso a los terribles gorgojos que morían de calor cuando las lentejas hervían más que la sangre que les corría por los nervios. El caos era tan intenso que se acabaron los perros, los gatos, los sapos, las aves y hasta las ratas callejeras (que, la verdad, fue bueno y malo porque se evaporaba el alto riesgo de las mordidas sorpresivas y la plaga se fue de la vista, pero terminó en los intestinos de las personas y las enfermedades culminaron el proceso de catástrofe que no parecía tener fin).

Muchos sobrevivieron lo que continuaría del conflicto en la zona a base de absurdos como alimentarse de suelas de zapato zarandeadas para que dieran de sí en el perol que en otros tiempos había sazonado las carnitas; o con gorditas de aserrín y manteca refrita, pues incluso el campo en esos tiempos andaba en beligerancia hasta con el pasto. Mi abuela había aprendido en el convento a plantar y a cuidar huertos, y tenía el suyo que daba para poco, pero al menos entretenía las ansias de sus hijas y de los sobrinos. Para los "adultos" quedaba el aire y el miedo cuando las vocecitas menores se quejaban de tener hambre. Mi abuela se recriminaba por haber sembrado los tomates cuando la luna menguaba, y los ajos cuando crecía. Si lo hubiera hecho al revés, se atormentaba sin mucho sentido, porque igual nada era suficiente cuando había tanto odio en el aire que se iba colando hasta por la tierra. Se las ingeniaban como iban pudiendo, pero a veces ganaba el dolor intenso que les recordaba que tenían estómago y que al final se mitigaba cuando se llenaban de indiferencia por el presente y lo que siguiera. No se dieron cuenta: cerraron los ojos y cuando los abrieron tenían la guerra en la puerta, en los oídos y en la panza.

Mi abuela nunca perteneció al grupo de quienes se temían el fin del mundo a la vuelta de la esquina, jamás creyó tener tanta suerte (buena o mala, asegún el humor) como para vivir el cambio de glaciación o el apocalipsis. Por eso no perdonaba llevar a sus hijas diario a la iglesia, a pedirle a santa Catalina que les hiciera el milagro de enseñarles sus trucos para poder sobrevivir en ayuno, como ella lo había hecho por casi dos décadas. Al principio el sacerdote en turno les ofrecía algo que otros parroquianos le llevaban, y aunque mi tía y mamá miraban con aprensión los quesos podridos que extendía el hombre de dios, mi abuela les recetaba con los ojos en reproche que a buen hambre no había mal pan y que en todo caso, al revés: a pan duro diente agudo. A veces el retortijón era inmediato, cuando tenían suerte la comida sí las nutría, pero siempre eran volados que lanzaban en mero afán de sobrevivencia.

También había zozobra, pues los hurtos y los ataques violentos a transeúntes no se habían hecho esperar y esas noticias llenaban más las bocas de los vecinos que el aire que sustituía la falta de alimento. Salir a la calle, además, se convertía en un verdadero suplicio, pues en el camino era pura encontradera de muertos de hambre o plomo y de sus olores; entonces iban con cales y repartían puñados al suelo con una mano que garabateaba la señal de la cruz mientras con la otra trataban de colapsar sus sentidos con los pañuelos sumergidos en lavanda y añoranzas de tiempos mejores. La mañana en que vieron el cadáver maltrecho, colgando del tren y de los vítores de sus asesinos, se convirtió en la noche en que menos durmieron. La guerra, que se les había metido de a poquito, les había entrado a los ojos como era: cruda, burlona y oscilante de una cuerda en el cabús. Con las imágenes que se les agolpaban en la angustia costaba trabajo mantener la fe. Era difícil encontrar un rezo al cual asirse porque cuando había balazos y descuartizados en la tierra, parecía que hasta los dioses se habían ido a refugiar al cielo. Si san Dionisio siguió andando sin cabeza, nosotras podemos sobrevivir este turno, Señor, decretaba mi abuela cuando tenía que enfrentarse al presente y se quejaba con Consuelo, que no hallaba otra misión vital que la de mantener a su prole alejada de los trancazos.

Fortunato Ventura, Renato de Jesús y Artemio, los tres mayores, se habían salvado de la catástrofe pues llevaban ya tres años viviendo su destino manifiesto en los campos de California, donde decían que hasta la tierra era güera; Ángel, el cuarto, había muerto de hipo al año de nacido, y, a un día de haberse ido, nacía su hermano Justo, quien, después de su aventura europea y de no tener a Cipriano solapándole las emociones, había decidido estabilizarse en Celaya, ayudando a su padre en el taller de pailería. Al final, la industria bélica seguía requiriendo contenedores y vías de transporte; Adolfo y Bernardo, los únicos gemelos de los que se tuvo noticia en la familia, habían muerto de parto, uno tras otro, veinte años atrás; pero eran los menores, Carlos, Alfonso, Gerardo y Trinidad, quienes le hacían el presente angustioso a tía Consuelo debido a que sus edades los colocaban en susceptibilidad de leva o de afiliación voluntaria en las huestes. El mayor de ellos no llegaba a los dieciocho y el menor si acaso rozaba los catorce.

Teresa se angustiaba con su comadre así que, ni tarda ni perezosa, antes del encuentro con los espíritus que la iban a visitar esa mañana, le clamó la petición de ayuda a su único cliente. Ya ve, General, que luego a los jóvenes les da por andar matando pulgas a balazos y ni se enteran contra quién o a favor de cuál van. Usted que está en todo ha de saber mejor que yo que la opción de hacer el mal se encuentra mil veces al día, pero la de hacer el bien, ésa nos llega muy de vez en cuando. Écheles la mano a los muchachos en algo que no sea pararse frente a la muerte. El General, como el buen político que empezaba a ser, mejor ya no se comprometió a nada y espetó un veré-qué-podemos-hacer que a Teresa le supo a callarse el tema.

Como mi abuela no salía más que a la iglesia, ni permitía que sus hijas salieran mucho de casa, compensaba llevándolas a los lugares más comunes cuando les susurraba, en los momentos de mayor desesperación, que para darle sentido a la noche era necesario soñar. Alguna entonación les iba meciendo y, aunque su voz no era de exportación, era capaz de tranquilizarlas a las tres porque entre tanto gorgorito luego hasta ella terminaba dormida. Esto tiene de bueno lo malo que se está poniendo, les advertía, y así, entre las risas nerviosas del trío, la expectativa de que eso también pasaría era lo poco que las mantenía de pie, junto con las visitas del General, que se había convertido en su esperanza. Fue hasta bien entrada la primavera cuando el hombre se instaló una temporada en la región, dispersándoles algo de protección, alivio y su obsesión por mi tía Leonor. Les llegó con los brazos y la sonrisa cargados de víveres y el buen humor que necesitaban casi tanto como al oxígeno.

El General también le vino como bálsamo a la prolífica tía Consuelo pues les consiguió, a sus cuatro hijos menores, trabajo de oficina en las oficialías de partes del ayuntamiento, alejados de los cañones de las batallas y acercados a las letras de los telegramas y los oficios que venían del norte o de la capital. El General, que no ponía las manos al fuego ni por él, a fuerzas del trato y la confianza que le habían depositado, se había visto conmovido por la familia Burgos y se encumbró en su magnánimo protector. Incluso, en las premoniciones de Teresa y para dejarla tranquila, el General le juró que velaría por un buen futuro para sus hijas si ella no podía hacerlo. Tanto que, cuando la guerra estuvo más cercana e impertinente y más efectivos se requería en batalla, se mantuvieron las órdenes de tener un custodio perpetuo protegiéndolas como prueba de que, en efecto, las Burgos eran prioridad en la vida del hombre.

El amor le llegó por primera vez a mi tía Leonor en esas fechas cuando el General estaba radicando en la región. Se le había asomado atrás de las cejas tiempo antes, pero se le materializó entre la panza y la espalda un día en que, después de la sesión, Leonor salió rumbo al pozo con una cubeta vacía. El General, después de acompañar a Teresa a su cuarto por el cansancio luego de su lucha paranormal de ese día, corrió tras Leonor y no permitió que siguiera cargando el tambo.

—Yo la acompaño, mija, no tiene por qué cargar si aquí ando yo.

Los soldados que venían protegiendo al General se quedaban resguardando la entrada de la ex-hacienda durante las sesiones y el lugar básicamente estaba vacío todo el tiempo, salvo el área de dormitorios de peones que ahora servía de casas de muchos; el resto del terreno era un desierto de almas y el mejor escenario de privacidad. A mi tía el General desde siempre se le había hecho guapo; y al General le gustaba mi tía porque aprendía rápido y de todo, como él, ventajas de una buena avena en la infancia, decía. Y esa tarde le dijo mucho a mi tía: que estaba hecha a mano, que se merecía todo, que quién fuera el suertudo de poderla besar. A Leonor, cuando estaba junto al General, le temblaba todo menos las piernas y se le desorbitaban sobre todo el corazón y la moral.

—¿Quién le dijo que soy tímida? —se envalentonaron los quince años de mi tía, que siguió retando al destino—. Si lo que pasa es que si le doy un beso luego no se lo va a poder quitar.

Y así fue. Después de ese beso le siguieron más y más hasta que esas sesiones carnales después de las espiritistas le fueron generando jurisprudencia sobre él, sobre SU General que ahora no sólo se le hacía guapo, sino que se le hacía suyo y la hacía sentir hasta el universo. Cuando estaba junto a él se sentía libre, a escondidas, emancipándose poco a poco de la niña que había sido y que ya no quería ser, quitándose cualquier traje de monja que acarreara su pasado. Asoció, como dogma, el albedrío al nombre del hombre que la iba esclavizando beso tras beso.

La revolución, que había sido una arrebatinga de todos contra todos, ya se había graduado de la teoría a la práctica en sólo una lucha entre dos bandos: el comandado por el General y el otro ejército que le llevaba una significativa superioridad de huestes que al final terminarían sucumbiendo ante la efectividad de las técnicas ingeniosas de guerra del hombre que supo hacerse del destino del país y de mi familia. Pero igual el General le confesó a Teresa, como para hacerse el sensible con ella o vetetú a saber, que desde siempre su verdadero enemigo había sido el Caudillo, porque se había metido a hacer la revolución para dejar que las cosas siguieran como antes de que llegara. Entonces, en cuanto supo que el tipo había abandonado el porvenir de Cipriano quién sabe dónde, su rencor contra él se había convertido en algo más que odio profesional. Si Teresa decía palabra, él mismito se encargaría de echarse al tipo que estaba exiliado en la frontera de Estados Unidos. Mi abuela lo miró como sin entender y le sentenció que no viniera trayendo esas peticiones, que al final Cipriancito había tomado la decisión de entrarle a la guerra y con esas apuestas continuamente hay riesgos, que lo importante era encontrar al muchacho y no andar generando más odio al matar por pasatiempo. Quiso decirle, también, que quien siembra vientos cosecha tempestades, pero recordó que hablaba con quien hablaba y se calló cualquier sermón para sí misma y para su hija, que empezaba a caminar sin pisar el suelo, a pensar sin el cerebro y a papalotear por sus sueños.

—Mira, mi niña, yo sé que el General impone y, aunque a veces me arrepienta de haberlo metido a la casa, al pasado hay que dejarlo descansar en paz que casi suenan igual, pero escúchame bien que el que con leche se quema hasta al jocoque le sopla y más sabe el diablo por viejo que por malo. Ya tienes edad y estamos solas, sin hombres que nos cuiden, pero el General es de otro mundo y acuérdate que pájaro viejo no entra en jaula. Tú eres preciosa, y estoy segura de que cuando acabe este desastre podrás encontrar el verdadero amor, tal vez con el General, uno nunca sabe, o con quien tú quieras —ya tendrás que medirles el agua a los camotes—, pero ahora él estará enfocado en otras cosas y ¡sea por Dios, mijita, tú debes de hacer lo mismo para dejar de andar papaloteando en seriedades! Andando la carreta se acomodan las calabazas y a ver si a los dos les empieza a entrar algo de cordura porque no me gusta pensar en cómo puede terminar esto, y lo que menos quiero es verte llorando por algo que se puede evitar; ándale, mi niña, no le andes agregando estrellas al cielo.

Mi tía no supo responderle a mi abuela porque se había echado amor en los ojos y no podía ver bien. Silenció cualquier defensa que pudiera haberse inventado, pero de igual forma esparció la primera semillita del enojo que fue tejiendo en contra de su madre. Nunca quiso analizar bien su disgusto, pero quizá se le generó porque no le encantaba la idea de que le prohibieran cosas, o tal vez porque su secreto ya no lo era tanto y sentía que su mamá no la dejaba crecer. Quizá la parte más primitiva y la más analítica de su ser sabía que lo que le decía su madre era toda la verdad del universo que su romanticismo se negaba a asimilar.

El chiste es que desde aquel monólogo que le propinó Teresa, a Leonor se le empecinó cada vez más la obsesión por el hombre que le llegaba a la vida con avisos y sin mediciones.

CAPÍTULO IX

La historia la recordaría como la Gran Guerra nomás como para darle glamur al absurdo, porque el fenómeno desató la turba internacional de pequeñeces humanas. Dándole razón al bautizo, también fue aglutinadora de irreverencias enormes como la muerte de mi tío Cipriano. Fue de las primeras bajas del conflicto, y la suya fue una despedida irónicamente clandestina y no abiertamente idiota como la mayoría de las vidas que se cobró. Después se sabría que, mientras cumplía su deber autoadquirido de ayudar a la causa caudillesca, un traspié administrativo en la fábrica de Herstal habría sentenciado su futuro a tumba. La confusión en el número de serie de la compra (realizada casi al mismo tiempo) de una de las muchas pistolas FN-1910, que tanto los tíos Cipriano y Justo hicieron como los perpetradores del asesinato de los archiduques austriacos en Sarajevo, convertiría por equivocación al incauto mexicano en blanco para los vengadores de la muerte, que sería el pretexto de los primeros golpazos europeos del siglo XX.

El pobre terminó muriéndose un poco también por culpa de la decisión más racista que llevaron a cabo él, Larrenchea y Justo; pero también tampoco: se necesitaba que uno de los Burgos se quedara a cargo de la misión europea mientras el otro supervisaba la primera entrega de armas y municiones compradas, y acordaron que el que tendría mayor camuflaje entre las pieles blanquecinas del continente era Cipriano; y vaya que lo tuvo porque hasta confundido como serbio terminó. Por no querer levantar sospechas con el tumulto en general, las levantó muy en particular con unos de los tantos justicieros del asesinato del archiduque. Después de una noche de cerveza, mientras el tío Cipriano esperaba indicaciones de la gente en México para treparse o no al barco de regreso, un balazo con otra FN-1910 le truncaría ésa y todas sus ulteriores decisiones. Sin más aspaviento, un hombre ordinarísimo era víctima de una muerte extraordinarísima que, al menos, el pobre ni conjeturó ni temió llegar. La noticia, en cambio, hizo estragos en mi familia y estoy segura de que hasta yo he de tener algunos genes descontrolados que todavía no han superado la impresión.

El General había pospuesto dar la noticia que ya sabía desde hacía muchos meses atrás. Primero porque la concentración de Teresa para convocar consejos de ultratumba no le hubiera servido de mucho si a mi abuela le venía un descontrol en los sentimientos. También porque en el verano, cuando mi tía cumplió quince años, por fin pudo deshacerse del hábito con el que había cargado toda una vuelta al sol. Para el General, que no era ciego y que en ocasiones sucumbía a sus instintos, verla en vestido de domingo le daba tal gusto y le removía de tal forma la testosterona que prefirió, ahora que uno de los dos ya estaba vestido de civil, mejor no moverle para poder seguir incitando los acercamientos secretos cerca del pozo. Cada encuentro iba involucrando, de a poquito, un grado más en el descubrimiento entre ambos; con cada visita del General iban consolidando su relación hasta que, pasados los quince años de mi tía, el hombre le advirtió que, como cada vez le era más difícil aguantarse, estuviera preparada por si un día de éstos no pudiera contener su energía. Mi tía era bastante inocente como para no entender del todo, pero estaba adquiriendo experiencia a pasos agigantados y su hipotálamo le iba indicando qué sentir y por dónde, así que supo que su cuerpo iba a terminar perteneciéndole a su amor, como empezaba a llamar al General, que a cambio le dio por michulearla desde entonces.

También hablaban, claro, en especial él y en mayor parte de banalidades, porque al hombre le causaban gracia los silogismos de mi tía, y a ella le gustaba escuchar sus versiones de la guerra, de las otras ciudades que se le rendían y de las cosas que veía. Sólo en ocasiones se ponían trascendentes y el General le daba sus razones de por qué no creía en dioses o grandes teorías; al aire libre y en furtivo fueron construyendo, durante meses, los cimientos de su historia. Mi tía, en ausencia del General, se aferraba a los recuerdos y se sentía única, se creía que, así como él era el *non plus ultra* en su vida, ella ocupaba el mismo grado de exclusividad en sus andares, por lo que nunca sintió siquiera la curiosidad de plantearle el papel que jugaba en sus planes. El General la llenaba de emociones cuando lo veía y de ilusiones mientras lo esperaba. Todos los días se levantaba con anhelo y se esmeraba en arreglarse y limpiar la casa; todos, incluso el día que les vino con el informe.

Durante el año larguísimo que vivieron sin saber del tío, mi abuela tuvo el tormento silencioso porque su mente, traidora y alebrestada, era un tornillo sin fin que le daba vueltas a sus miedos. Pero siempre confió más en la esperanza, ésa que se aloja detrás del cerebro y que permite, a veces, pedirle compermisito a la razón; se peleaban ambas, y aunque el sexto sentido de Teresa había percibido mucho tiempo antes un doloroso espasmo al final del cérvix, ella se negaba a afirmar sus sospechas y entonces prefirió vivir sin tregua. Hasta que se apareció el otoño que trajo al General con las redundantes e inclementes palabras: traigo-noticias-de-su-hijo, y el vacío en el ombligo que le indicó a mi abuela que ahora sí en serio se le habían separado, a perpetuidad, el cordón umbilical y un cachito del alma. No había respiración que aguantara el desgarre, la opresión, el fin. Y, en sintonía con su emoción, comprimió las manos de sus hijas para indagar cómos y dóndes —por mera educación, la verdad, y porque de lo contrario se hubiera desbarrancado al piso—. También quería saber qué pasaría con el cuerpo: como a una buena franciscana le urgía abrazar la carne de su hijo por última vez para que pudiera reposar, desangrado, junto al suelo eterno que grita a todas horas que polvo somos. Iba a ser imposible: la descomposición y los trancazos europeos habían borrado las formas burocráticas para el regreso a sus orígenes y bla.

¿Cómo iba a trascender de este plano Cipriancito sin los símbolos de la tumba, sin los rituales propios del adiós como Dios mandaba? ¿Cómo entender su ya no estar sin un cuerpo que velar, sin opción de entierro? Eso, quizá, fue el punto de quiebre que le desbalanceó a perpetuidad el sistema inmune a la abuela y, en cuestión de semanas, el demonio que se vulgarizó en estreptococo que aleatorizaba sus estragos entre la población —de por sí epidémica de tanta fatalidad bélica— se adueñó de la temperatura, del pecho y de los ánimos de Teresa, que se lamentaba todos los días por no poder darle santa sepultura a su hijo. Ella, que vivía rodeada de espíritus, lo único que necesitaba era el cuerpo que veinte años antes se le había incrustado abajo del ombligo. Pero ni eso tuvo mi abuela; ni fechas de cuándo, ni explicaciones de cómo, ni porqués. Sólo un qué terrible: Cipriancito está muerto.

Y con ese qué, la incertidumbre, la impotencia, las dudas, porque cuántos meses había pasado sin besar a su hijo, sin escucharlo, sin prepararle el menudo que tanto disfrutaba —nunca más lo cocinaría, sin duda, habría duelo eterno de pancita de res en su casa—. ¿Qué más extrañaría en el día a día de su bebé? ¿Le dio la bendición cuando se fue? ¿Cuál fue la última palabra que le dijo? ¿Por qué se le desvanecía de la mente su Cipriancito de veinte años y no podía sino traerlo de niño llenando un cachito del enorme vacío que se le puso a vivir para la eternidad en el corazón? ¿Cómo seguir una rutina —de qué—, cómo levantarse, para qué si estaba por siempre rota? Cuando murió Fortunato sintió la vejez, pero cuando se enteró de la desgracia de Cipriano respiró la mortandad. Encontraba algo de consuelo en la contradicción y en saber que lo vería en otro plano, pero no le aliviaba del todo la ansiedad de no poder velarlo, de no poder preparar su cuerpo para el después. La muerte de su Cipriancito fue el único evento para el cual no encontró refrán ni santo que le ayudara a externar el dolor, y por eso se lo calló.

Después de dar la noticia de Cipriano, la siguiente vez que el General visitó a las Burgos encontró a una Teresa envejecida, a una Teresa tosijosa, enferma, llena de cal, diferente a la que en el día a día distinguían sus hijas, que por afán de verla empeorar con cada segundo no se habían dado cuenta de la gravedad inminente de su próxima orfandad. La nostalgia de mi tío Cipriano no se le tradujo en lágrima a mi abuela, se le hizo nudo en la garganta, que le fue creciendo y caminando con paso firme hasta amarrarle los pulmones. El mar que no se le cayó a gotas se le hizo tormenta en las entrañas. Durante el día procuraba disimular el dolor para consolar a sus hijas y abstraerse en ellas, pero en la noche le iba agregando estrellas al cielo con los recuerdos remezclados de amargura mientras el malestar corporal le iba enturbiando la fe.

Pero la aflicción corporal era nada frente al vacío que se le incrustó en el presente. Mi abuela, que era muy pragmática en sus dogmas, creía de manera maniquea que había dos tipos de personas: los fuertes para aguantar el dolor físico y los buenos para sobrellevar el emocional. Ella, después de cuatro partos, migrañas constantes y pulmones susceptibles a la flema, se distribuía sin dudar en el grupo de quienes aguantaban dolor corporal. Entonces se tragó la emoción porque no supo manejarla y trató de convencerse de que volvería a abrazar al espíritu de su hijo cuando ella de igual forma fuera inmaterial. Sin dar explicaciones, dejó también de dar sesiones porque no podía con la idea de que en una de esas su hijo se le presentara y ella no pudiera abrazarle el alma. Frente a sus hijas evitaba mostrar el sufrimiento que le subía en el humor. Sus niñas eran sus motores cotidianos y por ellas escarbaba fortaleza del aire; pero por las noches, cuando ya dormían y no había sino torbellinos de sinsentidos, no existían más que las ganas de abrazar los recuerdos y de sumergirse en el dolor que le entumecía por igual el cerebro y el corazón.

Se atormentaba al tratar de digerir la última imagen que como un aviso premonitorio le había enviado su hijo desde Santander: "Que esta foto me acerque a ti si algún día de tu lado me alejo, madrecita". En su mente, en sus entrañas y en su añoranza, se presentaba su Cipriancito de cuatro años gritándole, entre saltos infantiles, "mira, mamacita, mira lo alto que te quiero"; o su bebé Cipriancito riéndose con los estornudos alérgicos de su madre. Se le aglutinaban los recuerdos y el pasado se le desbordó tanto que no dejó mucho espacio para el presente y casi nada para el futuro. El poco trecho que le quedaba cuando se deslindaba de su vocación mortal lo usaba para las preocupaciones y se atormentaba sabiendo que la vida se le despedía y qué iba a ser de sus niñas. Tomás, que perennemente había tenido un arraigo desprendido, ya estaba hecho y había fundado su casa en el regazo de Dios, se consolaba, pero sus chiquitas todavía dependían de ella y qué iba a ser de ellas. Qué iba a ser de sus hijas ahora que ella también se estaba yendo. Entre rosarios intentaba, sin mucho éxito, consolarse con las máximas de su tocaya, la santa de Jesús, porque "aunque todo lo pierda, sólo Dios basta", se repetía para creerse en serio que no había mayor razón.

El General fue espaciando más sus visitas, aunque los espíritus que tiempo atrás habían sido generosos en sus designios ahora ya sólo le indicaban a su invocador en los recuerdos que su influencia en los asuntos nacionales era indudable e iba *in crescendo*. Entonces mi abuela entendió que el General poco necesitaba ya sus servicios y que ambos estaban a mano en su trato, pues la investigación de Cipriano había concluido.

Esa mañana de noviembre, entre el frío que empezaba a anunciarse en la nariz y la audacia de las palabras que se le escapaban, les pidió a Leonor y a Alicia que salieran un rato, y al General que se sentara, por primera vez junto y no frente a ella:

—Mi hija es todavía una niña, General.

—No empiece con eso, Teresa, que sabe que yo sólo tengo buenas intenciones con su familia.

—Usted sabe que yo lo aprecio, pero menos trabajo hay en vivir bien que mal. Yo no me encuentro sana y siento que de ésta sí no voy a salir, sé que es buena persona y que tiene mucho poder: no me vaya a abandonar a mis niñas, no me las desampare, por favor, General.

Y el General, que estaba acostumbrado a ir perdiendo seres queridos por la vida, también respiraba el sopor de la despedida acechante que agobiaba a mi abuela. Sólo entrelazó sus manos a las de ella y le aseguró que mientras pudiera, velaría por el futuro de las Burgos. Teresa, en agradecimiento y en concordancia con su labor de consejera espiritual —pero ahora sin embudos etéreos—, le soltó lo que sería su último dictamen y la estrella máxima en el cielo del hombre que tenía al lado: cuando la guerra se canse y busque un lugar para volverse a dormir, su tarea será cuidarle el sueño, General, buscarle cuna y arrullarla; no se aburra hasta que no lo haya logrado o todo su empeño habrá sido estéril.

A mi abuela morir no le daba miedo, porque se había preparado para ello toda la vida, pero se aferró hasta la última respiración y luchó porque siempre supo que su vida, su sentido, era independiente de las semillas del pasado o de las raíces del futuro. Pero fue inútil. Ni con todo el esfuerzo que hizo por aferrarse a este plano logró deshacerse de la neumonía que tenía de rehenes a sus inhalaciones. *"Quia pulvis es et in pulverem reverteris, quia pulvis es et in pulverem reverteris"*, repetía conjugando algún rezo aislado mientras intentaba acariciar a sus hijas.

El tiempo jamás fue tan desidiosamente veloz: el seguir extrañando al abuelo Fortunato; la reafirmación de los miedos de la muerte de su hermano Cipriano; la desolación de los novenarios sin cuerpo que velar; la tos premonitoria de su madre, el dolor en los pulmones que hacían desvariar a Teresa con imágenes de ratas comiéndose sus entrañas; el ver a su madre retorcerse de dolor en las noches y no poder dormir por tanto cansancio despierto, con las flemas encendidas, groseramente vivas; el hambre moderada que le continuaba en la impresión; el impasse alrededor; los sonidos de los cañones y fusiles retumbando en la memoria de lo que hasta hacía unos meses había sido su sinfonía diaria; la culpa de asociación entre la prohibición y los besos con el General y la libertad de sentirse mayor a su lado; la parálisis de escuchar la búsqueda de aire y no poder hacer nada por ayudarla; el sufrimiento de ver morir de dolor a quien más quieres; la angustia de saber que ya no hay más cuerpo ni abrazos ni besos que dar; la resignación de saber que hay que crecer porque no hay otro camino; el tenerla en los brazos sintiendo el último segundo que habitó su cuerpo; gritarle al vacío que se quedara, que no la dejara sola, por favor, mamita, no te vayas; la angustia del techo del mundo afincado en sus hombros al mirar a la hermana menor llorando y no poder consolarla de tanto desconsuelo propio; los trámites, la sinrazón, el desamor, la ansiedad, el no poder pensar más allá del siguiente paso, el saber que la vida continúa sin continuar, escuchar a las aves cantar, groseras, al sol insensible salir, a la guerra salirse del presente, llevándose a los padres, a los hermanos, la simplicidad. La maldita guerra ladrona que se había robado, incluso, hasta la ilusión de la certidumbre. *Quia pulvis es et in pulverem reverteris.* Carajo. *Quia pulvis es et in pulverem reverteris.*

CAPÍTULO X

Hay quienes creen que los fantasmas son energías que se quedan detenidas en sus traumas; para otros, las apariciones son sólo fantasías de quien las percibe y entiende más como un fenómeno psicológico que paranormal. Para mi tía Leonor los espíritus con los que hablaba mi abuela Teresa no podían ser sino lo segundo y, entonces, se inventó eso de que a su mamá le gustaba convivir más con las ánimas que con las personas en la vida real. De todas formas, siempre había pensado que su madre veía espectros porque no tenía problemas serios, culparla le alivianó un poquito el sufrimiento de ya no tenerla. Además, se creyó la historia de que la muerte era un extremo dicotómico para darle sentido a la vida. Mejor desechaba el pensar que los espíritus se quedaban aquí porque el solo planteamiento la llenaba de contradicciones: si un muerto seguía merodeando, la única conclusión viable es que nunca había vivido y tantán.

Todo el asunto de despedirse de su mamá, además de pesadilla, a mi tía Leonor se le hizo decepción. Ella se creía eso de que uno podía controlar sus emociones y, por ende, sus dolencias físicas. No vio, ni siquiera percibió el empeño que traía su madre por domar su enfermedad, por aferrarse a este plano; mi tía, en el aturdimiento por el deceso, fue capaz tan sólo de asociar la noticia del no estar de Cipriano con el no estar de su mamá y se le hizo fácil acomodar su duelo irresoluto a la etapa del enojo: contra su madre, por no luchar más por ella, por ellas. Era como si mi abuela hubiera perdido sus virtudes al no haber "combatido" lo suficiente a la enfermedad y sentía que no le había echado suficientes ganitas, o yo qué sé; como si Teresa, voluntaria y conscientemente, se hubiera dejado vencer por el tiempo y esas cosas dependieran de uno y no de los bichos y el azar. Después de la neumonía, se imaginó a su mamá con poca determinación para ganarle al padecimiento. Sintió la partida de su madre como una afrenta personal porque en realidad estaba confundidísima: tal vez, nada más, a pesar de haber tenido a la muerte tan cerca, seguía sin entenderla.

En cierta forma, el enojo de mi tía era justificado: después de la corroboración de la muerte del tío Cipriano, a mi abuela se le escapó el don de estar en contacto con su cuerpo y sus sensaciones (vamos, hasta dejó de hacer sesiones espíritas con el General). Y, si sintió a la muerte persiguiéndola, no se vio que hiciera mucho para barrérsela de encima. Mi tía la lloró, claro, desde antes de que dejara de respirar y cuando todavía sentía su pecho moviéndose de arriba para abajo en los terribles momentos finales cuando su presencia era ya una ausencia dolorosa. Porque cuando perdió a su papá sintió el dolor más grande, con Cipriano la soledad, pero con su mamá la angustia aquiescente le había abatido hasta la razón. Recordaba a su mamá repitiendo que huérfano de padre una vez, pero de madre mil veces y la pesadumbre se le afincó a perpetuidad en el recuerdo, por eso quiso abolirse el pasado. Para colmo, lo generoso de su mamá no se le quedó ni en la palabra porque en sus genes no fue capaz ni de perdonarla por el pecado que ella misma le asignó después de haberla enterrado.

En fin, que a mi tía Leonor la muerte de mi abuela le enseñó que la vida no es un ancla y que uno tiene que continuar, porque el pasado es tajante y no regresa ni en lamentos. El enojo y el coraje contra su madre le durarían un buen rato y le servirían de impulso para continuar porque, de lo contrario, toda su existencia hubiera sido una nube llorosa. Pero qué se le va a hacer, luego a los hijos nos da por tener esta mala costumbre de trasladar la responsabilidad a los padres y reclamarles casi todo y cualquier cosa; por eso, quizá, la pobre tía (por dedicarse a culpar a su madre de su orfandad prematura y por los rencores contra su estrella que se le instalaron y le desajustaron la moral) dejó las riendas de su destino sueltas para que otro se le montara al futuro y le dirigiera los pasos. Ese otro, claro, fue el General.

En cambio, mi mamá, a sus nueve años, se convirtió de facto en la hija que no tuvieron Ventura y Consuelo. Tomás viajó desde la capital, donde estaba comisionado, y decidió llevarse a Pinal de Amoles únicamente a su hermana Leonor y a la procesión que depositaría el cuerpo de Teresa junto al de Fortunato. El entierro fue tan categórico como el regreso al Convento, a donde no volverían nunca más: con esa despedida se llevarían para siempre lo que restaba del baúl que le correspondía a Leonor por el acuerdo que tres años antes, después del otro funeral familiar, habían hecho con Cipriano.

Fuimos seis, y ya nada más somos tres, la abrazó Tomás y, como fueron pudiendo, sacaron gran parte de las posesiones del segundo baúl enterrado; la primera tarde que buscaron las cajas se dieron cuenta de que Cipriano se había llevado con él su baúl, y ambos se medio rieron entre nostalgia y afirmación: se lo habrá tomado en alcohol, suspiraba Tomás. No, diría Leonor, se lo gastó en sus creencias, se lo regaló a sus ideales. Y ambos sonrieron con la certeza de que así había sido. Pero la sobriedad les regresó al cuerpo cuando Leonor preguntó las dudas que venían atormentándola durante tantos años de guerra y vejaciones: ¿crees que si hubiéramos empeñado más de esto hubiéramos podido salvar a mamá, irnos a otro lado y que no se enfermara? Una eternidad tardó Tomás en contestar. Creo que mamá, en voz de la madre Pachita, nos entregó las pistas del tesoro, pero no hubiera aceptado nada para ella. Cómo lo íbamos a justificar, y cómo se iba a salir ella de su tierra, de sus costumbres. No, mamá no era de las que viajaban. ¿Te acuerdas cuando papá le sugirió que fuéramos a Veracruz y cómo sufrió con la idea siquiera, o de aquella vez que fuimos a las aguas de Apaseo, cómo odió el salirse de su casa? No, mamá no hubiera aceptado irse a otro lugar, si lo que más le pesó en la vida fue no poder traer a esta tierra el cuerpo de Cipriano. Creo que no está bien seguirse atormentando, vamos a dejar a mamá descansar ya.

—¿Y Alicia? ¿Qué voy a hacer yo con ella, Tomás? Quiero irme a México y hacer mi vida allá, no soporto siquiera la idea de pensar en regresar a vivir a Celaya. Y yo con ella en México… no voy a poder, Tomás, no puedo —le suplicó a su hermano: quizás en la capital podría aspirar a tener sueños de nuevo.

—Alicia estará mejor con los tíos, a ella, tal vez, sí debamos darle tajada de esto.

Cuando Tomás le planteó siquiera la obligación moral de compartir el tesoro con su hermana, algo se le desencajó a Leonor y le dio como un patatús en la conciencia porque ya estaba cansada de sentir que Dios se la había agarrado de su puerquito. Días antes se había puesto seria y había hablado con Él para pedirle que ya se ensañara mejor con alguien más, y hasta sintió que fue tal su fervor que había convertido el monólogo en conversación. Se compró todotito su argumento de sentirse con la libertad de apropiarse del tesoro sin remordimiento, como para autoresarcirse de los daños que le había apuntalado la vida. Estaba tan enojada con su presente que ni se había planteado siquiera compartir "sus bienes" con su hermana y algo de corajito le dio en el codo. A regañadientes tuvo que hacerse responsable de ella, aunque fuera económicamente.

Con ayuda bien remunerada de dos campesinos de una ranchería cercana, bajaron con los tremendos sacos a los montes píos de cuanta ciudad se les puso en el camino, aunque sabían que sólo podrían canjear por moneda los menesteres menos religiosos. Fueron haciéndose de su fortuna para dejarle una buena cantidad a los Burgos que les sobrevivían, en especial a su hermana quien, llorando, no pudo siquiera despedirse de ellos pues no comprendía tanto dolor. Los nueve regordetes años de mi mamá se refugiaron en la no menos voluptuosa figura de su tía Consuelo quien, envolviéndola en caricias, liberó un brazo para acercarse a sus otros sobrinos y darles, sin saberlo, el último quediosmelosbendiga que ellos escucharían de sus raíces, pues los hermanos tampoco volverían ya a Celaya. Habían decidido que Tomás, mientras realizaba una residencia en la capital, apoyaría a su hermana durante la temporada de instalación; en una decisión excluyente donde ellos eran los únicos que se reconocían como sobrevivientes del núcleo familiar.

Iniciaba la primavera en la Ciudad de México, que no era una sino cientos de miles y que los recibía con las luces abiertas. Todavía olía a que la guerra había estado encima, a que el miedo había circundado las almas de sus habitantes que, por pura costumbre y poco a poco, regresaban a sus sonrisas persistentes, pero también empezaban a sentir la libertad y las nuevas ganas de rehacerse. De pronto algún grupo revolucionario cortaba suministros de agua y había escasez de otras vitalidades, además de que la ciudad se había convertido en el espectáculo donde cualquiera entraba a anunciar que ya había ganado la revolución, aunque no fuera cierto, pero a fuerza de forzarse a imaginar que ya no había lucha, la gente creyó de verdad que ya no había guerra. Y ya no hubo tanta, olía feo, sí; la pobreza en general se había resaltado, sí; habían surgido algunos nuevos ricos, sí; pero, por lo demás, casi nada había cambiado.

Para Leonor, en cambio, todo en la ciudad era nuevo; había emigrado desde el norte hacia el azar y eso la hacía más resistente al frío y a las inclemencias del destino, intentaba darse ánimos. No es que Celaya fuera un pueblito, qué va, era urbe en forma y mi tía no hizo una real migración revolucionaria campirana. Pero igual era en la Ciudad de México donde se originaba todo —menos las guerras—. Y allí estaban todas las posibilidades que Leonor jamás había soñado. Adoró su nuevo destino porque sí, porque aquí podía ser ella sin serlo. Le gustaba la colonia Americana y amó a primera vista la nueva colonia Roma llena de palmeras y árboles indecibles, las inmensas casas de cantera que eran un remanso seguro en la inseguridad que se le ocurría cuando aspiraba el futuro, las tiendas del centro, los restaurantes. ¡Qué cosa tan monumental caminar bajo ahuehuetes, en pavimento continuo y sin que las carrozas la rozaran! Leonor jamás había siquiera pensado en el teatro y, cuando fue por primera vez a una función, supo que ésa era la ciudad en la que quería vivir, construirse y quedarse.

Al llegar a la ciudad, los hermanos abrieron cuentas en el Banco Americano y el Hotel Génova, por su parte, alojó a Leonor con las camas bien puestas después del pago por adelantado de seis meses. El Hotel Génova era el único en el país —y de los pocos en el mundo— que aceptaba hospedar a mujeres solas; pero veía medio feo a las mujeres mexicanas que viajaban solas. Igual, bajo un generoso arreglo económico, Tomás había logrado que su hermana se instalara sin mayor aspaviento argumentando la orfandad y su salvoconducto eclesiástico, eso la elevaba a la condición de gente decente y, pues, listo. Claro, este convenio funcionaba si y sólo si Tomás estaba cerca y pudiera hacerse responsable de su hermana, lo cual era conveniente pues vivía en un seminario del centro. Leonor no daba crédito al ver que podía iluminar su cuarto con sólo subir una palanquita, o tener un baño dentro con agua que fluía, ¡agua caliente sin hervir cazos! Por primera vez se bañó sola y nunca le quedó claro si había soltado lágrimas de felicidad o si eran las gotas tibias que le masajeaban la cabeza. Hasta hacía poco tiempo, la imaginación no le hubiera dado para esos lujos, entonces sus momentos más felices consistían en sentir el calor impensablemente constante descendiéndole por la piel, abrazándola y haciéndola sentir que la elevación de esta altísima ciudad hacía el aire menos complicado.

Tía Leonor deseaba con todas sus ansias encontrarse al General, demostrarle que ya estaba lista para él. Tenía la ilusión efímera pero exclusiva de que, en cuanto la viera, independiente, libre, con los mejores vestidos y peinados, le pediría matrimonio a la de ya. Estaba lista para dedicarse a él, y estaba también segura de que, estando en la ciudad, podrían iniciar una vida nueva, completa, juntos.

Mientras tanto, Tomás la incitó a iniciar un voluntariado en la iglesia de San Jerónimo, donde tendría a su cargo el cuidado de ancianos. Además, era importante asentarse como Dios mandaba, y en el voluntariado podría hacerse de contactos interesantes que pudieran asesorarla mejor. Y así fue. En San Jerónimo Leonor hizo amistad con María Ferrol, una colombiana hija de un exportador de sombreros. María era un par de años mayor que Leonor y, a sus diecinueve, tenía el imperativo familiar de encontrar marido mexicano; quesque así le iban a resultar más cómodas las andanzas empresariales a su padre. María era huérfana de madre, por lo que sin mayor compañía femenina —de buena clase— en el horizonte de su hija, al señor Ferrol se le hizo interesante la idea de que hiciera amistad con esta mexicana de provincia que se veía de buena familia (tenía dinero y un hermano padrecito), además de que estaba hospedada en el hotel donde se cerraban muchos tratos comerciales. Como todo pasaba en la terraza del Génova, el tiempo de estas dos amigas también se fue a instalar allí.

María Ferrol era simple y banal al exterior, y no le daba para ser otra cosa que no fuera lo que era. Y, aunque ante el mundo aparentaba tener un giro de piedra cuestionable, en la vida real tenía suficiente inteligencia como para saber cuándo hacerse idiota. El cariño de las amigas fue sellándose con los desayunos que compartían en la terraza antes de iniciar sus labores de caridad. La casa que alquilaban los Ferrol estaba a tan sólo cinco minutos del

Génova, que estaba casi recién nacido, y así fue como las conversaciones, acompañadas de media toronja y huevos rancheros, les fueron formando fuertes lazos.

Con la compañía de María, Leonor caminó por primera vez por las calles de la colonia Roma y se enamoró de sus banquetas, de sus olores y de sus aspiraciones europeas. María era buena gente, frívola como las medias en primavera, pero noble y parrandera. Además, era la mejor compañera de compras y de la vida de la Leonor de ese momento. A diferencia de mi tía, María no era nada bonita y ambas lo sabían. Nunca se enfermó de niña y por eso creció poco, se justificaba; pero lo que tenía de bajita en el cuerpo, lo compensaba en generosidad en el alma. A María la quemaban las palabras y a veces era difícil que su cerebro siguiera el camino de su boca, y era costumbre abrirla nomás porque Dios se la había regalado. Entonces, Leonor recordaba a su mamá diciéndole que siempre lo más fácil era aporrear la lengua y que era de mala educación hablar con la cabeza vacía, y le entraban ganas de decirle algo, pero su nueva amiga la distraía y le hacía la vida más soportable, por lo que mejor se callaba sus prejuicios y soltaba una risita por aquí y otra por allá para no polemizar. Eso sí, María hablaba hasta por los abanicos y ese lenguaje le enseñó también a Leonor. Iban todos los sábados a los mediodías de caballos en el Hipódromo junto con Perlita (la fiel acompañante oaxaqueña de la colombiana) a ponerse el abanico casi todo el tiempo cerca de la oreja o de la mejilla izquierda porque aún no había hombre que le llenara el ojo a María, mientras Leonor lo mantenía con la mano derecha en movimiento, pues ya se sentía comprometidísima con el General.

En compañía de María —y de la misma terraza del hotel—, Leonor empezó a tomar clases de francés bajo insistencia del señor Ferrol. Su tutora, Madame Gerard, había padecido México por más de cuarenta años y, a sus sesenta, ya no tenía mayor destino que el maíz, las azucenas y el piano que pudo conservar en su departamentito, pequeño e ileso de toda conflagración, en el centro de la ciudad. Les daba clases de francés, pero les regañaba las malcriadeces en español: los modales parecen bufonadas, pero son una forma de demostrarles a los demás que los reconocemos y que forman parte de nosotros. Los modales y los idiomas, niñas, son una forma de enseñarles a los demás que nos preocupamos por ellos; son cosas que se crearon para llevarnos bien, les refería mientras se enojaba con María porque qué chiquillada era ésa de no comer todo lo que había en el plato, "permíteme recordarte que nadie, nunca, es suficientemente rico como para tener restricciones alimenticias". Pero por mucho sermón, y a diferencia de mi tía que casi siempre comía como si siguieran en guerra, a María el café con leche le olía a pobres y la barbacoa a caspa, y no había ya poder humano que le quitara la superstición que una nana folclórica le había injertado en el cerebro y que le prohibía comer frijol porque, argumentaba, si lo hacía se le iba a olvidar el inglés. María detestaba las tardes de Madame porque era necia hasta en sus hábitos alimenticios, pero para Leonor esos momentos eran una novedad que agradecía tanto como al presente que la distraía de su pasado.

CAPÍTULO XI

El General llegó, por segunda vez a la vida de mi tía, otra tarde naranja en la terraza del Génova. El reloj estaba acabando con el día cuando se empezaron a escuchar aplausos, y Leonor y María apenas tuvieron tiempo de cambiar la mirada, concentradas en el ejercicio en el que Madame Gerard las tenía absortas, hacia la entrada del hotel. La gente reunida allí, poco a poco, se fue poniendo de pie para darles la bienvenida a los altos mandos del ejército que estaban poniendo orden en el caos capitalino —y de prácticamente todo el país—. De pronto, el futuro se le cayó de la mente a mi tía cuando, desde los vitrales de la terraza, el sol se le incrustó en la espalda mientras, en el pecho, la imagen del General sosteniendo el brazo de otra mujer se le clavó sin cesar en el orgullo. De todos los escenarios que su ilusión había fabricado para el reencuentro con "su hombre", en ninguno tenía contemplado verlo ajeno. Mucho menos se había imaginado que, para cuando lo volviera a ver, ya iba a estar casado. Ese papel era suyo y ni las náuseas que le duraron lo que restó del día fueron suficientes para aliviar el revoltijo que traía en el alma.

Al pasar, el General la vio y, sin perder la compostura, atinó a saludar inclinando la cabeza sin levantar sospechas propias o ajenas. Sin embargo, Leonor no tuvo que darle más explicaciones a su amiga y, esa tarde, María por primera vez supo que el General era ese general, pero lo que no supo fue cómo consolar a su amiga. No la dejó sola cuando el *bellboy* subió para avisar que había un caballero que traía un mensaje para doña Leonor Burgos. No, no era el General sino Comillas, el teniente que le indicaba que, a las nueve en punto su jefe estaría esperándola en el restaurante adonde mi tía no bajó. Leonor no quiso, no pudo saber nada del hombre con el que hasta esa tarde había soñado hasta cuando había luz, y se lo hizo saber al emisario. Y también le pidió a María que se quedara esa noche con ella y, gracias a la compañía de su amiga, la soledad no le pesó tanto como el piso.

Tres meses pasaron entre varias notas, flores y pañuelos con lavanda que fueron entregados en la habitación de Leonor hasta que el triunfal General pudo regresar a adueñarse, ahora sí en serio, de la ciudad y de mi tía. Después de mucha insistencia ella aceptó el prospecto de una cena con él, pero no solos: asistirían también María y su padre, quien no disimulaba su felicidad frente a la amistad de su hija con esta muchachita que había resultado más interesante de lo esperado. El reproche llegó en plena codorniz cuando Leonor preguntó por la esposa del General.

Al tipo le sobraban palabras y labia, por lo que en un tiro al blanco supo justificar su propio matrimonio: hay cosas que uno tiene que hacer nomás por obligación y no por placer, y ahora le tocó a ella que, casándose conmigo, adquirió el paquete completo, con todo e hijos y responsabilidades de casa; cada quien va cargando con su cruz. Y remató con la mirada cómplice hacia Leonor que, para cuando trajeron las nieves de limón, sentía que a su vida sólo le llegaba frialdad en la cuchara y que, con la compañía del hombre, ya se le habían derretido otra vez el corazón y las piernas.

El General llevaba la victoria y la había vuelto a convencer con el método de las mariposas. De cualquier forma, esa batalla estaba perdida de origen porque mi tía sabía que dentro de los argumentos del General sólo cabía un ego, y no iba a ser el de ella; es más, el hombre tenía la arrogancia tan extensa que ya se le había ido hasta Chapultepec. Una vez que los Ferrol dieron las buenas noches (concertando una nueva cita en cuanto se le liberara la agenda al señor), el reencuentro del porvenir entre Leonor y su hombre dejó de esperar. Ya en privadito el General fue más tajante en su disculpa velada y le manejó la historia de que como luego ya no supo nada de ella pues tuvo que casarse, pero que siempre la había tenido en la mente y que si no viera las fechas de su boda que coincidían con el periodo de ignorancia de su paradero y, bueno, le soltó tal rollote que para esas alturas mi tía ya no sabía si tenía sólo el vestido o también el enojo mal puesto, así que, por si acaso, se quitó ambos. Y se quitaron también hasta las sábanas, y las quejas, y reconciliaron sus diferencias, y sellaron su alianza ilegal.

Mi tía Leonor perdió la virginidad corporal como quien pierde el rumbo en un laberinto, mientras sus ambiciones se le revelaron como maldición y, en abierto desacato a su pudor, la relación que habían tratado de esconder de mi abuela Teresa (descansante en paz) intentaron también disimularla ahora del resto del mundo que todavía no descansaba en paz. Les gustaba la adrenalina de sus encuentros clandestinos, ahora entre cuatro paredes y como de costumbre en furtivo, y eso les fomentaba la adicción y la dopamina. Desde entonces, el único acto que no llevaron a cabo fue el nupcial. Para el General la cosa era simple, pues veía su matrimonio como adyacente a su vida amorosa y, ésta, a su cremallera. Leonor acaso buscó por un momento consuelo en la idea de que ella, por conocer al General desde antes de estar casado, había generado alguna jurisprudencia y por eso lo que hacía no era necesariamente malo. De cualquier forma, haber cambiado los confines de su nido por las extremidades del General le daba la premisa de la libertad que sentía al jugar con fuego y prefirió no instaurarse juicios de valor que le nublaran aquellos días de felicidad condensada cuando estaba en las palabras de su hombre. No les pidió a los astros que el hombre que tenía al lado la siguiera viendo y deseando con esos ojos por toda la eternidad, sino que rogó que ella recordara a perpetuidad la felicidad que sentía en esos instantes:

cuando el General le sumaba un respiro y muchos abrazos a sus noches.

Después de iniciada su aventura con el General, la religión le empezó a estorbar en serio y comenzó a hacerse abstemia de Dios; si ya de por sí con tanta muerte cercana había sentido al rito y a su ejecutor medio sancionadores, al convertirse en "la otra" decidió mejor subordinar sus principios a sus emociones. No, no es como que en el pecado se sintiera como en casa, sino que mejor se borró cualquier prejuicio subyacente y prefirió deshacerse de mayores monólogos internos porque cerca del hombre, sin telas ni perfumes, con la piel lisa y sus vellos entrelazados, era como se sentía más mujer, más delgada y más llena; con el único propósito que le colmaba de salud el presente, la alegría y las piernas.

Además, durante esos meses de amor escondido pudo respirar una auténtica felicidad que la hacía dejar de sentir el piso y despertar con la sonrisa de boba que no la abandonaba durante el día. ¡Qué más le daba haber canjeado la religión por su amor si al final ambos eran actos de fe! Sí, Leonor siguió creyendo en el General, y ya se sabe que en esta vida no hay algo más poderoso que una creencia para desbancar a otra en convicción. Cada vez que lo besaba mataba más y más su pasado y se hacía de un futuro, aunque fuera clandestino, con el General. Un porvenir que se le convirtió en obsesión porque ya no había manera de razonarles a las emociones. En teoría el General ya residía en la ciudad, pero en la práctica era un visitante que, cuando llegaba, se refugiaba en los brazos de mi tía quien iba y venía al uso del hombre. Tampoco era como que le causara conflicto porque sólo se sentía completa con él adentro, cuando la hacía sentir hasta al universo. Cuando le contaba sus andares y la hacía sentir adulta. Cuando se reían juntos y le redondeaba el presente sintiéndose importante.

Sólo una vez al General le entró curiosidad por el pasado de Leonor, porque cómo le había hecho para hacerse rica de la nada (sabrosa ya estaba, le bromeaba mordiéndole el cuello). Y, cuando la otra medio le contó lo del espíritu de la monja chivata en salvoconducto de su madre, él se desternilló: ¡Ah, qué doña Teresa, caray!

Para cuando afianzó la sospecha de que las faltas que traía eran porque estaba formando vida, el hotel ya venía alojándola desde hacía más de ocho meses y ella llevaba más de cinco despachando allí mismo al General. Quedaba poco de ese año y sobraba el frío cuando le informó al General que tenía dos lunas perdidas. Él, sin impactarse o ponerse serio, le acarició el vientre. Sin preguntarle, se encargó de regresar al día siguiente con el doctor que se adueñó de su vientre y su futuro al meterle las pinzas que le sacaron el producto, buena parte de las paredes del cérvix y un gran cacho de calma en medio de la sangre mezclada con los sueños que todavía ni se había imaginado; bueno, un poco sí, en su inexperiencia rogaba porque al General se le hiciera buena idea tener hijos fuera del matrimonio. Leonor había fantaseado, incluso, con las manitas que tendrían que parecerse a las suyas, forzosamente, y tendría los ojos del General, por favor; si era niña se llamaría como ella, y si era niño, Fortunato, como tendría que ser; entrar a la mercería para comprar las botitas del aparador se le había hecho un exceso, pero verlas durante unos minutos por afuera la llenaron de una ilusión despampanante el día que le contó a María quien, en vez de escandalizarse, le festejó la quimera.

El médico le dijo que se tomara las cápsulas de adormidera y se pusiera compresas calientes en el vientre y la espalda, y que era normal que sangrara un par de días, pero fueron las noches las que se ensañaron contra su ánimo. La segunda, en particular, fue la peor, pues por primera vez mi tía entendió lo que le había sucedido. Ella era la única que había pagado el adulterio del General, se repitió en medio de las pesadillas que le cubrían el horror de estar despierta; y, así, su complexión judeocristiana, que en su versión emancipada había tratado de omitir, la acompañó en la resignación de que su pérdida de maternidad había sido consecuencia de sus actos. Después de aquella noche invernal de 1916, las paredes de su vientre encontraron su costumbre en empujarle cualquier intento de herencia; su primer legrado social terminó siendo una cicatriz personal que nunca sanaría. Y en el altibajo que sería la relación con su hombre, sus sueños se le fueron despertando y se dio cuenta de que ella jamás tomaría decisiones, ni siquiera para sentir, pues su metabolismo emocional estaba a la deriva de lo que al General le pareciera mejor. Como si el cuerpo de Leonor fuera una batalla más que tuviera que ganar a toda costa. Para él lo importante era seguir teniéndola en exclusiva y como estaba: con el vientre plano y las piernas amplias; para cuna ya tenía otra casa con una mujer distinta. Con Leonor, en cambio, era la aventura y la diversión que no iba a arriesgar por una criatura entrometida. Y de esta forma, mientras equilibraba al país, el General inestabilizaba las hormonas de mi tía.

Pasados unos días, el General la visitó con un ramo de flores y unos bombones como único reconocimiento de la orden que había dado sobre el vientre de su chula. Leonor, entre el terror y el cansancio que se le acomodaba al cuerpo, empezó a entender y a resignarse porque estar con el General era firmar la sentencia de que su cuerpo dejaba de ser de ella, de que hasta sus designios fisiológicos le pertenecían a él y era él quien juzgaba, quien determinaba, quien aprobaba y ponía taches. No lloró ni de dolor porque, quizá, se hubiera vuelto loca de no haberse pragmatizado. Y, aunque el sufrimiento se sentía crudo y real, lo agradeció porque ése sí era sólo de ella. La verdadera pena es la que se vive sin testigos, se repetía hasta el cansancio. Aunque se sintió mala madre antes de serlo, mejor se anestesió el corazón y se atiborró por unos meses el duelo en la actitud.

Con sus abortos no tuvo abrazos comunitarios, ni ceremonias o ritos de adiós. Algo internamente, también, se le había muerto y no había forma de velarlo porque nunca supo bien qué. De tanto dolor por un momento sintió que se moría, pero luego lo pensó bien y recapacitó porque lo último que le faltaba era que se muriera, así que se aferró a la vida como pudo y dejó su vocación mortífera para después, pensando en que sin bebés fuera de matrimonio estaba mejor. Lo que sí es que después del legrado fue cuando se dio cuenta de que sus sueños no eran compatibles con los del General, y que lo que estaban construyendo juntos no era un futuro; pero también se dio cuenta de que junto a él se le calentaba hasta el frío y su amor era tan elástico como para que resistiera eso... y quizá más.

La primavera de 1917 le trajo a Tomás la noticia de que lo necesitaban en los poros de la frontera con Guatemala, así que tendría que cambiar de adscripción para el otoño. El panorama de Leonor sola en la ciudad empezó a temblar y, hablándolo con el General, llegaron a la conclusión de que la inminente solución era el matrimonio de mi tía. Con quien se dejara, pero habría que buscarle un hombre porque a su futuro no le convenía traer el apellido sin varón. El General, aparte de carismático, era inteligente y memorioso, y recordó quién podría resultar el marido perfecto para su amante. Pero, antes que nada, afirmó que era importantísimo que Leonor también conociera a su esposa; mi tía primero pensó que era una broma, pero cuando vio en serio que el tipo pretendía meterla en su casa a cenar, espigó los ojos y no le quedó más que seguir con el guion que le tenían programado porque sabía que ya traía perdido el argumento por default.

Para acabarla de amolar, al General se le hizo prudente que Leonor conociera a su mujer y a su futuro marido el mismo día. Al principio Leonor se negó, pero días después, como invariablemente sucedía con las propuestas del General, accedió, pues bien dicen que si no sabes adónde vas, cualquier camino te lleva. Llegó por fin la noche en que Leonor y Tomás se presentaron con verdades y mentiras a medias a cenar en casa de la familia del General: eran hijos de una vieja amiga espiritista que le había dado consejos de guerra importantísimos y Leonor, incluso, era su ahijada. Mi tía se había hecho la idea de que su "rival" era una mujer sosa y tonta. Pero cuando la conoció se dejó sumergir en el abrazo que le propinó y le cayó bien, carajo, para desgracia de su conciencia, la señora oficial del General le cayó muy bien y se dio cuenta de que la esposa del General no era y nunca sería su competencia sino su antípoda rotunda.

CAPÍTULO XII

El Ingeniero era alto, ovalado y reservado. Con sus treinta y dos espigados años era casi tres lustros mayor que su futura esposa. Accedió de inmediato al trato que le propuso el que pronto sería su jefe y, mientras tanto, era un colega más en la administración revolucionaria en curso. Había vivido su niñez y primera juventud en San Luis Potosí, donde seguían radicando su madre, doña Eulalia, y su hermana mayor, Hortensia. Su infantil orfandad paterna, tan sólo a los cuatro años, le había enraizado una madurez extemporánea que, a veces, resultaba francamente ridícula. Tal vez por el yugo de ser la única figura masculina en el hogar, en cuanto pudo, a los diecisiete, emigró a la Ciudad de México para estudiar. Allí se forjó un futuro que, prodigiosamente, había sido capaz de esquivar cualquier inclinación política itinerante. El Ingeniero se notaba por pasar desapercibido y se convertiría en uno de esos hombres relevantes para la vida pública del país, de esos cuyo nombre darían en el futuro referencia a alguna calle.

Aunque venía de una familia con afluencia financiera, el hombre, en sus tres décadas de vida, ya había acumulado notables méritos económicos. Vivía solo en el pequeñito departamento que había comprado hacía más de una década sobre Reforma. Inició su cariño profesional haciendo caminos ajenos pues le tocó pertenecer al grupo de ingenieros que asfaltó las principales avenidas de la ciudad. Desde que llegó a la capital, supo combinar sus estudios con los trabajos que realizó para la Barber Asphalt y, poco a poco, se fue haciendo de un nombre propio ya que sus aportaciones constantemente miraban al futuro: en sus orígenes, la técnica innovadorsísima del concreto hidráulico que acarreaba limpieza en las casas y, sobre todo, beneficios públicos de la modernidad, utilizaba en exclusividad materiales de importación. Al Ingeniero la medida le incomodaba la médula hasta que un buen día logró vender la idea de la reducción de costos que implicaba el uso de cemento y petróleo locales. Le ayudaban los años que había pasado interno en Saint Louis Missouri, y los viajes a la pequeña casa que alquilaba, junto a su madre y hermana, los veranos en San Antonio. A diferencia de muchos de sus compañeros de trabajo, él se sentía muy cómodo cambiando sus palabras de inglés a español y eso lo acercaba a los inversionistas extranjeros que le agarraban cariño porque lo sentían como uno del clan. Entonces combinó a la perfección sus pasiones por los caminos ajenos y los conocimientos en comunicaciones durante su tiempo en la Barber. Allí, desde lo privado, se hizo de conexiones políticas que lo fueron subrayando hasta pertenecer a Ferrocarriles Nacionales, donde trabajaba como superintendente de la División Centro cuando al General se le ocurrió el emparejamiento.

El General, mañoso e ingenioso, supo desde siempre que si algún día la haría de celestino iba a ser con esa pareja, así que, junto a la cortina de la habitación que alojaba a Leonor y a sus encuentros furtivos en el Génova, le dijo a mi tía sus planes mientras regresaba a sus ropas. Leonor, de a poquito, había ido perdiendo junto con los decibeles, su espíritu belicoso y leguleyo, y le compró toditita la historia al General, entonces se autoconvencía de que no veía su inminente futuro de señora-de-alguien como sumisión sino como oportunidad para no levantar sospechas de indecencia si la veían junto al General: al final sí era cierto, pues quién sospecharía de su idilio si ambos estaban casados, suscribía el lavado de cerebro una y otra vez. El General toda la vida la presentó como su ahijada, así que era fácil concederles la tregua del lazo social; ya verían cómo seguir encontrando los espacios de su clandestinidad, pero ahora lo importante era tener el refugio de un hombre que respondiera por la estabilidad de Leonor; para eso, el Ingeniero era irremediablemente perfecto. Nunca se había casado y la soltería le empezaba a incomodar el estado de ánimo y los rumores.

No es como que Leonor fuera por la vida como mucho trueno y poca lluvia o reduciendo hombres al llanto, pero, lo que sea de cada quien, sí era visualmente un partidazo.

Mi tía tenía las medidas donde debían estar y, al igual que su hermano Cipriano, su estilo trigueñito hacía buen contraste con los ojos verdes que, como él, había recibido en herencia dominante de su azaroso abuelo materno. Mi tía había nacido en verano, cuando el viento era más salvaje y quizá por eso parecía como si le hubiera soplado desde abajo al nacer. Tenía los pómulos levantados, la nariz respingada y las pestañas como piernas al cielo. Además, su 1.68 armonizaba con el redondeable 1.90 del Ingeniero, por lo que no desproporcionaban ni tantito. No, mi tía no pasaba desapercibida en una sociedad flagrantemente proclive a la idealización de ciertos rasgos no autóctonos. No fue sorpresa que cuando el Ingeniero la conoció supo que su matrimonio con ella iba a ser un exitazo —al menos un triunfo óptico, seguro—. Después de la cena de presentaciones en la casa del General tuvieron cuatro citas: una tarde de té en el Génova, un paseo sabatino por la Alameda, una visita al teatro y una cena en el restaurante Chapultepec donde el Ingeniero le habló por primera vez de matrimonio a Leonor. Mi tía, además de agradarle la vista, le causaba cierta gracia y le hacía sentir mucha paz saber que podía pasar un par de horas con ella sin sentir el aplomo del tiempo y se le dio natural su futuro de a dos incitado por el General.

Si bien el Ingeniero era receloso de su compañero de gabinete, le reconocía una inteligencia superior y un gran pragmatismo; le admiraba la capacidad que tenía de adaptarse a las situaciones y las miras amplias y a largo plazo que expresaba, no sólo del porvenir de los ferrocarriles, sino del país entero. El Ingeniero sabía que era cuestión de tiempo para que el General se convirtiera en presidente, por lo que no le caía nada mal, tampoco, "emparentarse" con él al casarse con su ahijada. Por su parte, después de conocer al Ingeniero, como que a mi tía ya no le estorbó ni tantito la decisión de casarse.

El noviazgo fue muy corto y, dos meses después de conocerla y dos meses antes de la boda, el Ingeniero llevó a mi tía al que sería su hogar. Leonor no dio crédito cuando se plantó por primera vez frente a los fresnos que flanqueaban la puerta de hierro de la casa de cantera rosa y fantasías en la colonia Roma. Con tres entradas (la principal al centro, la de coches al este y la de servicio al oeste), el lugar sólo invitaba a estar adentro. Después de dar cuatro pasos y dos suspiros, Leonor se detuvo al inicio de los escalones y volteó hacia el Ingeniero, con porvenir en los ojos lo abrazó y, sin necesidad de ingresar, murmuró con absoluta certeza: es perfecta. No tuvo que asomarse al sótano, ni ver las tres habitaciones de arriba; no hubo necesidad de admirar el vitral de rosas y lirios que engalanaba la disyuntiva al final de las escaleras para ir de izquierda a derecha a alguno de los pasillos superiores y que iluminaba, presumido, el exterior del recinto mientras recordaba que había sido mandado a hacer en Sevres, siete años antes, cuando la casa se inauguró en ansias estériles de que sus propietarios la ocuparan. En tristeza para los dueños originales (pero para felicidad de los próximos esposos), la casa nunca había sido habitada porque la violencia de los rumores de la guerra los había echado del país. El Ingeniero la compró en descuento en 1915 y dos años después, cuando le propuso matrimonio a mi tía, en vez de darle alguna joya, le dio el metal de las llaves de la propiedad para sellar el auto de formal compromiso.

Mientras otros planeaban su boda, mi tía invirtió el verano en amueblar su casa. María la acompañaba a buscar los menesteres, que si el nogal para fabricar el comedor, que si las telas de damasco y chantilly para las cortinas, que si... ¡vamos! no se escatimó un segundo ni un peso en la misión. Quizá, desde su niñez, Leonor no había sido tan feliz como cuando tuvo la tarea de vestir su casa. Por las mañanas las amigas se cansaban de la faena, y por la tarde cumplían con los requisitos sociales que les ocupaban la mitad del cerebro y el tiempo. Por las noches, cuando se refugiaban en sus camas, Leonor rogaba por poder enamorarse del Ingeniero. Y María, por su parte, pedía que alguien quisiera casarse con ella para poder tener una casa y una historia como la de su amiga. El tiempo jamás fue tan generoso como en esos dos meses de arreglos y novedades.

Cuando faltaba una semana para la boda, Leonor conoció a las viajeras de San Luis Potosí. Le gustó la familia del Ingeniero, y le encantó, sobre todo, que vivieran tan lejos. Recordaba a su mamá reiterando que quien se casa con el violín se lleva la orquesta, pero sonrió porque intuía que a ella no le iba a pesar la sinfonía. La belleza y el porte de doña Eulalia eran abrumadores y mi tía no podía explicarse cómo una mujer tan guapa había tenido hijos tan poco agraciados. Si bien el Ingeniero no era rotundamente feo, distaba mucho de ser un figurín, y Hortensia, ella sí de plano habría salido a otra parentela o de otro útero, pensaba. Sin embargo, fue la calidez de ambas lo que terminó por seducir a mi tía y sentirlas como familia desde el primer abrazo. Menos mal, juzgaba internamente Leonor, hubiera sido un lujo ser fea y mala persona.

A sus treinta y cinco años, a Hortensia ya se le había pasado el arroz y hacía tiempo que había dejado de soñar con casarse. Estaba en paz con la idea de ser compañera de la viudez de su madre y le gustaba navegar por la vida sin rendirle muchas cuentas a nadie. Eso sí, esperaba con más premura y menos demora tener sobrinos, por lo que no dudó en llegar al postre de una de las tantas comidas que hicieron sólo las tres para hacérselo saber a mi tía.

—Ni mi madre ni yo escondemos la edad, querida, por eso el que ahora te integres a nuestra familia nos tiene entusiasmadísimas —se sinceró mientras acercaba su mano izquierda a la de mi tía—. Debe ser difícil pasar por estos momentos sin mujeres de tu familia que puedan guiarte, pero si tienes alguna duda sobre cuál es el mejor momento para que nos crezca la familia o cualquier pregunta al respecto, sé que mamá podrá orientarte mejor. Se te ve en la cara que serás una gran esposa y mejor madre —mi tía se infartó porque, si en algún momento necesitara hablar de su intimidad con el Ingeniero, jamás recurriría a su cuñada o a su suegra. Así que sonriendo agradeció la oferta y se embutió lo que sobraba del puré mientras las otras dos continuaron hablando hasta por los codos de todo y de nada. Sí, le caían bien estas tipas, pero eran más raras que el ánimo que a últimas fechas no la dejaba ni ser feliz ni estar triste, pensaba en tanto agradecía el tenerlas opacando los silencios en su vida.

Se dejó llevar en todas las indicaciones que tanto el General como doña Eulalia planearon para que, en las postrimerías de sus diecisiete años, la ceremonia de matrimonio con el Ingeniero se celebrara en casa del General. Con el aplomo que nunca creyó tener porque, aunque el corazón le temblara, las piernas se le mantenían seguras, se bajó del coche tomando del brazo al General, que orgulloso sostenía a su "ahijada". La llevaba como había tomado sus últimos años, firme y a su ritmo. Y ella, en paralelo, siguiéndolo, con la eterna creencia de que iba a su lado, pero en realidad siempre un paso detrás de él. Esa tarde la Parroquia de la Romita estaba más fría que las manos heladas de mi tía; el otoño vaticinaba un invierno marca llorarás y no era suficiente abrigo el vestido de seda y tul que Leonor había mandado a traer de París en el Centro Mercantil. Quizá nada hubiera sido bastante para que sus miedos y su conciencia no palpitaran, disfrazados de frigidez, los treinta metros entre el atrio, el altar y lo que le siguió.

Le sonrió el corazón cuando, al fondo, vio a su hermano Tomás, quien oficiaría la misa y asistiría como el único representante de su familia. Ironizó: para su boda había fingido no traer cuna, pero sí cura. Mejor así, pensó Leonor mientras se tocaba el cuello con las yemas de los dedos de su mano derecha y hundía el estómago hasta los huesos para empujar al valor. Qué bueno que no estaban sus padres para verla casarse por un amor mal encausado, qué bien, también, que tampoco estaban los tíos Ventura y Consuelo; hacía mucho que no pensaba en ellos, a Alicia la recordaba como martirio diario y sabía que estaba bien, al menos tendría una familia que ella no le podía ni le quería ofrecer, entonces cuando se le atravesaba el recuerdo de su hermana lo dejaba ir con el mismo mantra: mejor así, mejor así. Aunque un poco también la hacía sentir incómoda saber que se había desentendido de la pequeña y algo de remordimiento le quedaba en un resquicio moral, pero prefería seguir en ese presente que se había construido y no regresar a su vida anterior ni en autorecriminaciones, porque ella sí estaba mejor así que recluida en el anonimato de Celaya. Aquí se sentía de nuevo ella, emancipada, y se cuestionaba para ver si reafirmándose se lo creía en serio, porque era libre, ¿no? La mayoría de las decisiones de su vida las consultaba con el General, pero al final era ella quien firmaba, no había como por qué dudar de su autonomía, ¿cierto? Incluso este matrimonio era y había sido su decisión, no tenía por qué temblar más que de frío, se repitió toda la ceremonia alternando miradas con su hermano, su esposo en trance y su "padrino": mejor así, mejor así, se repetía mientras sumergía los pies en el piso hasta que le dolía el empeine. Sí, mejor así.

La recepción aglutinó, de una forma u otra, a los principales actores de la política y la escena nacional, y mi tía entró de lleno a su nuevo mundo. El mismísimo presidente, incluso, había enviado un jarrón de bodas junto con una nota disculpándose por su ausencia. Ni el General ni su señora escatimaron atenciones para la concurrencia. En esos momentos, para Leonor su reputación lo era todo y estaba sostenida en la nada; mi tía no presumía *pedigree*, pero casi nadie en la reciente clase gobernante lo tenía, pues cuando llegó mi tía a la ciudad, la alta alcurnia no dejaba de murmurar sobre la llegada de los advenedizos botudos que cubrían en polvareda a los oficios políticos. Sin embargo, la ventaja de su físico y su juventud le ayudaron a navegar con cara de inocencia cuando le preguntaban sobre sus raíces: venía de un pequeño lugar del Bajío y era muy doloroso hablar de su familia pues habían fallecido con las epidemias del siglo, sólo ella y su hermano Tomás, el padrecito, habían sobrevivido y por eso habían emigrado a la ciudad. Las personas, cuando escuchaban el testimonio, ponían carita de tristeza, le daban palmaditas y cambiaban de tema, por incomodidad para unos y por suerte para ella. El Ingeniero, en cambio, sí gozaba de buena posición y entonces todo se resolvía porque además le gustaba que su estrenada esposa sólo tuviera las virtudes imprescindibles. Ambos, solos y como pareja, encajaban perfecto en las actitudes aspiracionistas de la nueva aristocracia mexicana. Les ayudó muchísimo, casi como corolario, el que la fiesta no iba a pasar desapercibida, pues en esos tiempos de austeridad abundaron comida, arpas, marimbas, bebida y risas. Y también presentaciones. Leonor jamás había conocido a tanta gente tan de sopetón, pero sólo un saludo le caló la médula.

—Mira, Leonor, éste es Sebastián Larrenchea. Estuvo con tu hermano Cipriano en Europa, que te cuente.

El General tenía el peor tacto de la historia y sabía que la noticia revolcaría las emociones de mi tía, y quizá por eso la frialdad de su tono y su partida inmediata. Le costó varias respiraciones y mucho control salir de la impresión, pero cuando lo logró, estiró la mano y le pidió a Larrenchea y a María, su fiel acompañante, que la siguieran al salón de fumadores contiguo para sentarse. Con calma y un vermouth en los labios, Leonor escuchó lo que pudo sobre lo impresionado que estaba Larrenchea con el parecido de la novia y su hermano Cipriano. Y sobre las virtudes y el cariño con el que se expresaba el hombre de los primos Burgos.

—Hace poco vi a su primo Justo. Está haciendo muy buena carrera política en Guanajuato, ¡no sabe cuánto le aprecio! Fue él quien me presentó con el General y desde hacía tiempo tenía ganas de conocerla. Tenía entendido que estaba en la ciudad, pero ya sabe cómo es la vida del General y lo difícil que es poder coordinar los tiempos.

A Leonor no le quedó más remedio que sonreír y tragarse la sal que se le empezaba a formar en los recuerdos, porque hacía mucho tiempo que se había limitado a suprimir a la gente con la que había crecido. No sabía ni había querido saber cómo estaban los suyos en Celaya; incluso, cuando Tomás le informaba de las cartas que él sí respondía, ella le indicaba con el movimiento en desdén de la mano izquierda que nunca había un buen momento para enterarse pues estaba mejor así, sin saber.

Miró nuevamente a Larrenchea y la emboscaron los nervios que ya no le permitieron decir mayor cosa. Por fortuna, el Ingeniero interrumpió para llevar a su esposa a conocer a quién sabe quién, pero antes de despedirse acordaron que tendrían que volverse a ver, por favor, señor Larrenchea. Ya nada pudo seguir disfrutando de la noche, sonreía en automático, pero su mente y sus sentimientos no se desprendían del tipo cuya existencia le era desconocida hasta entonces. Sentía, también, un profundo enojo contra el General por hacerle esto: por presentarle a este hombre cuya presencia provocaría un inminente naufragio neuronal y tendría, desde ese instante y para siempre, un aplastante impacto en la sanidad de sus sentimientos.

En la noche de bodas, el Ingeniero no la tocó. Entró a su cuarto para decirle que estaba muy cansado por el tremendo día que habían vivido, le dio un beso en la frente, le agradeció haber aceptado ser su esposa y se retiró a su cuarto, justo frente al de ella. Mi tía Leonor no pudo conciliar el sueño y, por la mañana, cuando escuchó el final de la obertura de loza en la cocina y la hipnotizaron las risas de su cuñada y suegra, supuso que el desayuno ya estaba listo y bajó. Alma llevaba quince años trabajando para doña Eulalia y era tan discreta que a uno se le olvidaba siquiera que estaba allí. Había empezado a trabajar con la familia desde los dieciséis años, siguiendo a su madre en la faena, por lo que, al saber que el joven se casaba, pidió viajar con las señoras a la Ciudad de México para ocuparse con la recién formada nueva familia, ¡en la capital! Leonor nunca había pensado, siquiera, en contratar gente que trabajara para ella, mucho menos a alguien que casi le doblaba la edad, pero pronto se acostumbró a la cauta presencia de Alma, quien se convertiría en su aliada y terminaría heredando los remanentes del tesoro de Bucareli. Esa tarde, Hortensia y Eulalia regresaron a su rutina potosina y, entonces, por fin, mi tía se sintió dueña de su casa y señora de su presente.

Allí, en su hogar de fantasía, se sucedieron los abortos espontáneos, uno tras otro, durante cinco rojos y groseros años de afrenta evolutiva, desencanto y dolor. En total fueron quince después del legrado en el Génova —en voluntad y no tanto—. Fueron años de miedos tras las faltas de lunas, y los excesos de dudas y reproches autoinfligidos. Allí, en esa casa inaugurada con todas sus ilusiones, también sería donde se deslindaría de la ropa que le estorbaba al General. Y allí, además, donde descubriría que su matrimonio era una absoluta pantalla, no sólo para el mundo.

CAPÍTULO XIII

Hizo falta una tarde paseando por el Parque Roma para que María y Leonor cayeran redonditas ante los encantos de Sebastián Larrenchea (que era como doce propósitos de año nuevo reunidos en un solo hombre). No es como que mi tía quisiera ir por la vida buscando dónde se repartía leche en la mañana, bastante tenía ya con ser recién casada por instrucciones de su amante como para meterle más pueblo a la democracia, pero la voz de Larrenchea le sonaba a nube y no podía sino admirar sus ojos y su parsimonia infinita. Sebastián les narró las aventuras de los Burgos, haciéndoles reseña, incluso, de las voces y los tonos que usaban los primos para admirarse del mundo al que habían subido por error. A Leonor le sublimaban la razón las historias que les contaba y, mientras él hablaba, ella luchaba por disimular los mililitros de saliva en el pavimento o en las mesas del Café Colón junto con el cachito de estómago que se le perdía entre las costillas. Para esas alturas mi tía era escasamente casta, pero sabía que cualquier asunto con Larrenchea iría más allá de una simple complicación, por lo que desde antes de que comenzara una historia de futuro juntos, decidió ponerle fin a la intimidad compartida que empezaban a generar porque ese intento de amor era de a mentiritas y venía anunciado con epitafio.

La resistencia no fue sencilla. Con Sebastián las cosas eran de risa fácil y palabra infinita, y el tipo era todo lo que sus ensueños habrían querido tejerle: la juventud amañada del General, la inapelable concordia del Ingeniero y el imperioso imán orgánico. Sin embargo, como buena fantasía, se le esfumó al despertar y la realidad se le empalmó frente a los antojos la tarde en que, como siempre que hacía cuando tenía que estar a solas con el General, le pidió a Alma que saliera unas horas para emprender varios encargos fuera de la casa y así poder estar a solas ahora con otro hombre. La variedad es que sus ilusiones llevaban tiempo mudando de olores y aferrándose a una realidad alterna donde colocar su vulnerabilidad. Ya no estaba segura de traer bien puesto el amor hacia el General y de pronto sentía que hasta le estorbaba la adrenalina de sus encuentros; y, por más que intentaba darse ánimos, tampoco se le estaba logrando eso de agarrarle pasión al matrimonio. Pero igual se llenaba de peros mientras abría la puerta al hombre impecable que, a veces, la visitaba para contarle historias de su familia perdida.

Por su parte, Larrenchea no había encontrado en nadie el amparo para verbalizar la merma de amor que se le había acumulado en el ayer. Por eso hasta él estaba pasmado con la soltura de su voz relatándole a Leonor el origen de su viudez. Intentó, en ansia ilusoria, reintegrarse las lágrimas mientras arrojaba el raudal que una ajena depresión desdeñada le había atiborrado el horror. Detalló, como entre confesión de parte y absolución propia, su pecado al no haber amado lo suficiente como para entenderle las tristezas, los desbalances químicos a su mujer: como para querer siquiera percibirlos. Revivió, por primera vez con verbos y adjetivos, la añoranza de la pequeña bebé a la cual había visto sólo un par de veces; esa niña en ciernes que había llevado su sangre en las venas, pero no su entusiasmo, quizá ni su apego. Mientras el relato llegaba al vértice, las manos de Leonor desalojaron su cuello para habitar las del hombre que tenía junto a ella. Cuando el contacto escalaba en abrazo, la llave, la puerta, las pisadas tímidas de una y exacerbadas del otro dieron paso a la estridencia en el saludo del General, precedido por la mirada incómoda de Alma anunciando su llegada y el haberse encontrado el coche del militar a unas cuadras de la casa. Y, cómo no la iba a traer hasta acá, ahijadita, pero qué buena sorpresa encontrar al audaz caballero Larrenchea por aquí, ora sí, Almita, organícenos unos tequilitas y algo de botanita que donde hay fiesta de dos siempre puede haber tres, ¿o no, mi Sebastián?

En un segundo, la fábrica de ilusiones que estaba constituyendo mi tía se le quebró en la cabeza en medio de los desorbitados celos de aquél y su propia vulnerabilidad. Qué ganas de mandar al carajo todo, pero bastó otro instante para darse cuenta de que ya había perdido el piso por un hombre, por mera necesidad, ahora no por necedad volvería a hacerlo por otro. Y, sencillamente, decidió adorar aún más a Larrenchea en puro disimulo pues, a pesar de eso, de haberle movido el tapete como terremoto, sus miradas y su aplomo le enseñaban que estaba en ella el poder centrarse, la facultad de volar con los pies muy plantados. Qué hubiera podido ofrecerle. Sebastián se merecía todas las glorias y ella ni de incubadora le hubiera funcionado. Bastantes clandestinos ya eran los esfuerzos laborales del hombre como para ahora echarse en hombros una relación, lo mínimo, ilegal. No, para qué enredar tantas vidas, mejor así, se repetía con las manos en el cuello, es mejor así. Porque, antes, el General le había robado el corazón, y ahora Sebastián Larrenchea se lo devolvía. Si con el General había sentido mariposas en las entrañas, ver a Sebastián le había despertado un enjambre de luciérnagas en los nervios. Pero nada, sobre el muerto las coronas pues dos semanas después el General invitó al Ingeniero y a mi tía a cenar sólo para contarles la maravillosa idea que se le había ocurrido para incrementar la felicidad de su ahijadita porque ¿o no era fabuloso el plan de lograr un futuro matrimonio entre María Ferrol y Sebastián Larrenchea?

Obvio Leonor se guardó las manos sudadas bajo los guantes y el flechazo en el anonimato. Para colmo tuvo que aguantar que el destino le pusiera las ilusiones de su amiga en confidencia para aconsejarla que no importaba si se salía del guion que traía escrito su padre con el porvenir de encontrarle marido mexicanito lleno de plata. Leonor abogaría por el amor de su hija al vasco frente al padre de María para convencerlo de que era un partidazo —porque lo era—. A María Ferrol las cosas se le daban fácilmente: el peinarse, el ser querida y la ilusión; y, a diferencia de Leonor, era de esas personas rarísimas que podía identificar sus miedos y entendía dónde colocarse frente a ellos. Era más fácil que encontrara la felicidad que las llaves de su casa, que invariablemente se le escondían. No tenía filtros verbales y así como le llegaban las soltaba. Pero también sabía adecuar los secretos a sus modulaciones, como cuando se enteraba de que ni su padre ni el que se convertiría en su marido actuaban necesariamente siguiendo las reglas, sino que siempre extendían las leyes para cubrirse a su conveniencia. Mientras no dañaran directamente a terceros, se santiguaba, a ella poco le importaba si los códigos eran elásticos bajo el dominio de sus hombres. Eso sí, tenía muy claro que el dinero no daba felicidad, pero sí facilidad. Además, y quizá porque nunca había estado cerca de la pobreza, tenía la decencia de notar las diferencias de clase y, cuando era prudente, sentirse culpable por ellas e intentar marcar el alto.

Dentro de su fachada de banalidad, era de las pocas personas a quienes valía la pena conocer no sólo en lo abstracto porque estaba como la Luna, reflejando la luz y lo mejor de los demás. Leonor, en cambio, estaba desconectada con ella misma y se había subido a un tren del cual no sabía ni por dónde bajarse, así que se resignó a que el flechazo con Larrenchea y su cercanía con él fueran como las vías del ferrocarril: hechas para estar juntos, pero sin tocarse. Entonces, ahogándose la química irrenunciable entre ambos, y sabiendo que ese intento de amor no iba a ser ni un margen de error, Leonor no pudo ni hacer reflexiones de pánico y fue a venderle la idea a Ferrol porque, por María, todo. Y, claro, qué iba a decir Ferrol, si su María era la niña de sus ojos y al final el dinero no tiene patria.

—Ora sí, cuénteme, mi chula, qué le parece ese Larrenchea —cuando estaba de buen humor, el General le hablaba de usted a mi tía a quien jamás, ni de buenas ni de malas, se le ocurría tutearlo—. No pongas esa cara, niña. No puedes disimular que te gusta el Fulano, si bien sabía yo, tú crees que no, pero bien que te conozco.

—No sé de qué habla —Leonor no alcanzaba a distinguir si el enojo que le subía al ánimo era contra ella, por ser tan transparente, o contra él, por ser tan inclemente.

—Que yo sabía que si conocías a Sebastián te ibas a andar banqueteando por él, por eso mejor te lo presenté hasta que ya fueras la señora del Inge, para que no anduvieras teniendo ojitos para alguien más y que, nomás por si las dudas, el cuernudo fuera otro —se reía—. Ya parece que iba a dejar que te enamoraras así como así y que anduvieras siendo sal de otro tequila que, para colmo, es orujo.

—¡Qué ocurrencias!, si sabe que mi amor y mis ojos son suyos —el General se le acercó e hizo la mueca pícara que era la sonrisa que tanto había conquistado a Leonor y que en ese instante le parecía detestable.

—Ahora me amas, ahora dices que me amas y está bien, pero no voy a arriesgarme a que escojas a alguien que te guste más y me vayas a cambiar. Con el Ingeniero vas a estar bien, con él compartes casa, pero que no se te olvide que la cama sólo conmigo.

—Pero soy su esposa. Bien sabe que también tengo que compartir mi cama con él —el hombre ya no aguantó la risa y, sin más, volvió a sumergirse en Leonor, que permaneció petrificada mientras el General, que tenía el sueño más ligero que su moral, dormitaba.

Lo miró, tumbado junto a ella, y tuvo que tragarse el enojo que se le iba acumulando en la garganta, allí justo donde se forman las palabras de amor y las groserías, y adonde se llevó por unos segundos la angustia y las yemas de los dedos. ¿Desde cuándo le vendría tomando el pelo este tipo? ¿A poco sí de plano su esposa le habría salido de la nada, sin conquista ni tiempos previos? ¿Cuántas más como ella habría? ¿Por qué él sí tenía el derecho de tener a las mujeres que quisiera, incluyendo a otra mujer que hasta llevaba su apellido y zona postal? En cambio a ella, su amante, le impedía estar hasta con su esposo. Volteó hacia otro lado y vio el vestido en el piso, junto a su ánimo, y no necesitó escapar para irse.

Por primera vez odió la presencia de "su amor" por lo que significaba en su vida: sus visitas furtivas en horarios laborales, mientras sabía que su marido no estaría en casa, adonde entraba y salía sin moderación, apropiándose de su cuarto, de su ropa y de su cuerpo mientras ella tenía que pensar cómo pedirle a Alma que saliera para comprar lo que no necesitaba. Estar con dos hombres a la vez dejó de parecerle tan buena idea, pero su drama no le dio vueltas al mundo, no tenía la voluntad para enfrentarse al General, aunque la repulsión sí la empezaba a intuir porque le iba quedando clarito que la confianza se gana día a día y se pierde en un segundo. Pudo formular lo que venía intuyendo desde hacía tiempo: para el General su felicidad nunca iba a ser una prioridad porque, en realidad, no la amaba. Se había desacostumbrado a llorar pues la nariz roja y los ojos saltones le hacían un redundante mal tercio, por lo que se adiestró para secar las lágrimas antes de que fueran expulsadas, pero no dejó de darle vueltas al asunto ni aunque ya estuviera mareada de tanta sal encerrada.

Se le solucionó el presente cuando al Ingeniero le acomodaron giras internacionales y no tuvo más remedio que llevarse con él, en simulación de viaje de bodas, a su recién estrenada esposa. Y como las olas de los mares que cruzaron en vapor, ella se dejó llevar por su nuevo destino. El Ingeniero por fin había logrado labrarse el futuro con su experiencia en los ferrocarriles y pudo venderle la idea al presidente en turno de que él podría traer inversiones extranjeras para más vías y mejores máquinas. Ni tardo ni perezoso, a los seis meses de haber estrenado mujer, la subió a barcos, trenes y coches, y la paseó por el mundo que a ella jamás se le ocurrió que existía. Pisó *américas* y *asias* inesperadas, y se trajo consigo un atuendo de samurái que vigilaría el resto de su vida desde el pasillo de las

escaleras que mezclaba en estruendoso eclecticismo casullas, cálices y jarrones de porcelana; también importó a la
primera pareja de perros pequineses que concibieron un
futuro mexicano y que le abriría la curiosidad de las da-
mas del University Club (donde salían los mejores chismes
y las peores amistades), que la miraban mezclando envidia y
admiración al pasear a semejante par exótico. La primera
camada, por supuesto, le abrió las puertas a la excentrici-
dad, pues todas las señoras empezaron a pelearse por ser
las elegidas fiduciarias de un cachorro pequinés. Por si
fuera poco, el primer éxito internacional que tuvo el Ingeniero no pasaría desapercibido. Un par de años después,
cuando se arraigó el gobierno del General, a él le tocó, en
gratificación, guiar los nuevos caminos férreos y trazar su
futuro de vagones, reforzando su paso por la historia pública de México y alguna que otra calle actual que aún lo
conmemora como lo que fue: un hacedor de trayectos.

Aunque aún faltaba sangre para que el General, por fin,
consolidara su presente de líder oficial en turno, el país
empezaba a estabilizarse y a sentirse en serio en paz. En
ese tiempo en que mi tía volvía a perder otro embarazo
de incierta paternidad, al General le dio también por pro-
fesionalizar su cinismo y entró de lleno a la política al
ponerse la banda presidencial y consolidar su liderazgo.
Cuando los presentaron en el Bach, un par de años antes
de verlo como futuro marido de su amante, el General
se burló de los estudios y la alcurnia del Ingeniero: muy

bien, mi Inge, conque yendo por la vida asfaltando caminos, ¿entonces te puedo llamar "Chapopote"? El Ingeniero sonrió y se puso al tú por tú contra el machoalfismo de su interlocutor: claro, mi General, mientras usted me permita que cada que lo haga le responda "Cabroncito". Y, contrario a la tensión que muchos percibieron durante los primeros segundos, la risa del General ante su connato de provocación al Ingeniero selló para la eternidad la especie de amistad que les sobreviviría la existencia. "Ése mi Ingeniero que no se deja, así me gusta, bien sabe que la mejor defensa siempre es el ataque". El General no perdía la oportunidad de burlarse del Ingeniero y le decía a la par el "Marinerito", quesque por saber ondear todas las aguas y colocarse en buen puerto sin marearse. Algo de envidia le tenía, y no porque compartiera techo con su amante, qué va. Eso lo venía arrastrando desde antes, quizá porque al General le hubiera gustado —en un universo paralelo— estudiar como lo había hecho el Ingeniero: tener mundo sin forzarlo.

De igual forma, la admiración que sentía por el Ingeniero era innegable; le gustaba la visión a futuro que traía en sus planes de inversiones extranjeras, en sus giras para aportar ideas frescas. Tenemos que reconstruir estas ruinas de país, que las otras naciones nos dejen su lana y explotar nuestra historia, vender esperanza nacionalista, mi Inge, le explicaba orgulloso y animoso. Por eso lo quería en su equipo, "si la cuña pa' que apriete ha de ser del mismo palo", y brindaba con él.

Durante la revolución, los derechos del pueblo se iban cambiando de facciones y su dignidad morfizaba al mejor postor, pero la visión del General era transformar al país: institucionalizar y gobernar pragmáticamente para que ese desmadrito de guerra civil no volviera a suceder; en realidad, no había ideología en el actuar del General, sino presión exógena y ambición interna de estar allí porque si no era él, pues quién. Más vale malo conocido que bueno por conocer, se carcajeaba mientras se vendía. El General era perfecto para la misión: tenía suficiente biblioteca y voz de barrio como para hacerlo atractivo y cercano a mucha gente. Muchos juzgaron de vendepatrismo la búsqueda de reconocimiento internacional con la firma de tratados y de reestructuración de deudas, pero lo cierto es que al tipo le tocó llevar a cuestas una carga moral que otros le impusieron y, como él mismo sentenciaba, "el problema no es el líder, sino el primer seguidor". Era cínico porque podía, además de que no tenía empacho en ser sincerote hasta en sus tranzas —y por eso luego había quienes ni le creían y se reían de sus comentarios—.

En los años de su mandato hubo muchos errores, pero se sofocaron rebeliones, se institucionalizaron las dependencias, se normalizaron las relaciones internacionales y se priorizaron la educación y las artes; apostó a las tecnologías, a la reforma agraria y, si bien no azuzó el anti-catolicismo efervescente en algunos círculos gendarmes, tampoco le importó un comino combatirlo. Aunque se ha de decir: de todas las instituciones que el General ayudó a fundar, el matrimonio de mi tía con el Ingeniero fue de las más estables; además de que supo colocarlos con los pies bien instalados en las vías férreas y los sueños en el horizonte, como el ferrocarril que simbolizaba todos los tiempos y las fiestas y el mundo entero. Así fue como colocó al Ingeniero en la dirección de los Ferrocarriles y a mi tía le tocó viajar por la República en ritmos ajenos dentro de su propio vagón, que se convertiría en el hogar de las fiestas más célebres de la más insigne sociedad mexicana.

El país, en paz, era el antónimo perfecto para el vientre dudoso de mi tía que no podía sostener más células que las suyas, por eso, días después de cumplir veintidós años y al descubrir el secreto del Ingeniero, pudieron por fin, ambos, respirar desde el diafragma. Muy de vez en cuando, la familia de San Luis los visitaba, a veces pedían permiso para pasar Pascuas o Navidad, pero por regla de dos nunca estaban más de dos semanas con ellos y jamás hacían más de dos visitas al año. Ese invierno le tocó que su suegra viera antes que ella la mancha roja en el vestido y chutarse el grito de alarma de doña Eulalia. Llevaba una decena de pérdidas y, aunque ya no se asustaba, le seguía causando conmoción sentir cuando los coágulos se le fugaban del cuerpo. A estas alturas tenía claro que su vientre no iba a ser capaz ya de alojar vida, pero ella tampoco había tenido el valor de aceptarlo en voz alta. Eulalia, al ver tan calmada a su nuera, supo enseguida que aquél no era el primer aborto y la abrazó, llevándosela tres meses a San

Luis para apapacharla, distraerla y hacerle saber que ella era importante, con o sin descendencia.

El tiempo de distracción en San Luis le sirvió a Leonor para apreciar la nueva familia a la cual se había metido, aunque no le agarraba bien el modo a la vida de casada. Leonor se imaginaba que su matrimonio no era normal, no es como que se hubieran casado por amor o que ella le fuera fiel a su esposo, al contrario: sus pensamientos y su cuerpo sin variar se descarrilaban hacia el General. Suponía, también, que el Ingeniero no le era del todo fiel. Sospechaba que por eso sólo buscaba su cama cuando contaban las posibles lunas fértiles. Una cosa rara ésta de andar compartiendo el amor de par en nones, se justificaba mi tía y se imaginaba, cuando iban a cenas o fiestas, que el Ingeniero quizá la engañaba con la hija de Comillas, o tal vez con la viuda del notario; en algún momento llegó a ponerse un poco celosa del trato deferencial que le daba a la esposa del Secretario Quintero. Por eso su aspaviento y las arcadas cuando su presente se le pasmó con la imagen que su cerebro jamás hubiera atinado a conjeturar.

Todo ese día había sido un desastre; el General la había dejado plantada y, durante la comida con María, su amiga le acababa de anunciar que Larrenchea tenía que regresar a España y que ella, junto con los dos hijos que el matrimonio ya acumulaba, se iría con él en un par de meses. Leonor sólo quería llegar a casa y dar carpetazo al desastre de jornada que había tenido. Entró sigilosamente pues era claro, por el coche estacionado y el despacho iluminado, que su marido estaba adentro. No quería dar explicaciones o, peor aún, que el Ingeniero empezara a hablar de los temas insensatos del trabajo que, la mayoría de las veces, le parecían soporíferos. Sólo quería ser lechuga: subir, darse un baño caliente y dejar de pensar. Caminaba por el vestíbulo cuando el estruendo la hizo retroceder e imaginar calamidades. "¿Estás bien?", gritó corriendo hacia el pequeño estudio, pensando que su esposo se había caído. Al abrir la puerta sus ojos no fueron capaces de digerir bien la información y, medio entendiendo y no, se retiró despavorida ante la mirada pasmada y angustiosa de los hombres desnudos que tenía enfrente.

Subió corriendo y se encerró lo más que pudo hasta sumergirse en su horror y sorpresa. Sabía que "esas-perversiones" sucedían, pero jamás había tenido idea de que les pasaran a sus conocidos, mucho menos intuyó que su esposo pudiera ser afeminado. A-fe-mi-na-do, se repetía negándoselo porque para ella el Ingeniero era todo menos femenil. El Ingeniero era considerado, pero enérgico, era protector, un gran proveedor y en la cama era mucho menos gentil que el General —definitivamente mucho más rudo—, por lo tanto, saberlo con otros hombres le resultaba contradictorísimo. Pasó casi tres horas en el agua que en algún momento había estado caliente y hasta que su piel se le había envejecido salió a la recámara; cuando se disponía a meterse a dormir se dio cuenta de que su marido estaba afuera, la había esperado quién sabe cuánto tiempo.

La madera escandalosa de las camas no daba tregua al silencio, así que el Ingeniero supo esperar el momento en que ella estuviera lista para enfundarse en las sábanas y hablarle desde atrás de la puerta. "Leonor, sé que lo que viste te alteró y necesito pedirte una disculpa, no sirve de nada seguirnos engañando, sé que tú también te ves con alguien más, no voy a decir quién, pues está de más mencionarlo. No sé si te imaginabas que yo también tenía otras relaciones, quizá no, y siento que te hayas enterado de esta forma, de verdad lamento mucho haberte lastimado." Le temblaba la voz y se escuchaba verdaderamente preocupado. "Me gustan los hombres", continuó después de un buen rato de silencio, "éste soy y toda la vida he sido así: me gusta estar con hombres". No pudo continuar, pues su conciencia y represión se le desataron en un torrente de lágrimas que impidió cualquier otra comunicación. Esa noche, algo en Leonor también se quebró y, como siempre, deseó como nunca un abrazo de su mamá; o sumergirse en la suavidad carnosa de tía Consuelo. Pensó regresar, en ese instante, a su pasado en Celaya, pero tuvo vergüenza de su presente y no encontró ni cuerpo ni cara para ir a decirle a Alicia que le había ganado el egoísmo. Escuchando a su marido llorar, intentó compartir el llanto con él, pero sólo atinó a dormirse coordinando el ritmo de sus sollozos.

No hablaron más del asunto, pero, con casi cinco años de casados, el Ingeniero y mi tía dejaron de tener intimidad bíblica y la cambiaron por la de en serio, por la que les duraría para la eternidad. El cariño se les creció cuando por fin pudieron ser honestos y no necesitaron demostrar lo que no eran frente a sí mismos. Por primera vez mi tía se descubrió en un hombre y se sintió segura de tener al Ingeniero en su vida porque, entre otras cosas, su día a día era lo más llevadero del mundo a su lado. Le gustaba que, cada que mi tía encontraba alguna araña o bicho en su cuarto, el Ingeniero corría a ayudarla y, en lugar de matar al intruso, se las ingeniaba para capturarlo en el pañuelo y regresarlo al exterior con extrema prudencia. ¿Y si regresa y nos pica?, se angustiaba Leonor. Que regrese, ya encontró el camino, si no atacó antes cuando se sabía anónima, no lo hará ahora que sabemos que existe. Con sus argumentos contundentes e irrebatibles, le fue devolviendo a mi tía la fe en sí misma y en los demás.

Leonor amaba que le hiciera masajes en los pies y que se rieran criticando la vestimenta de las señoras que trataban mal a los meseros de los clubes sociales. Se hicieron tan amigos que hasta el General empezó a notarlo y no le gustó naditita, la verdad. Seguía manteniendo los encuentros con mi tía que, en afanes esquizofrénicos, de tanto odiarlo volvía a quererlo de nuevo y cedía reiteradamente su área de influencia para regresar a detestarlo al ratito. Y, claro, el General reaccionó y empezó a ser más posesivo y a pedirle a mi tía que ya no se presentara en los eventos junto con el Ingeniero. Pero Leonor estaba creciendo y los vínculos políticos del Ingeniero también, mientras que lo que iba disminuyendo era el control del General sobre los pasos de mi tía, y eso le incomodaba hasta el tuétano.

CAPÍTULO XIV

Los Larrenchea pasaban largas temporadas en México pues, apenas se asomaba el invierno, María se ocultaba en las maletas que atiborraba de encurtidos y evocaciones aztecas que durante el resto del año no sentía. En consecuencia, eran asiduos visitantes del comedor de tía Leonor. Al Ingeniero, Sebastián se le hacía el tipo más interesante y útil que el paso por la vida de mi tía le hubiera aportado; además, María le llenaba las sobremesas de carcajadas, así que era el primero en preguntar cuándo volverían sus compadres. Mi tía revivía el pequeño duelo del revoltijo abdominal que se le seguía aglutinando cuando escuchaba a Sebastián, pero estar con su amiga siempre era la prórroga que le permitía disfrutar sus presencias, entonces mejor así. El Ingeniero sabía, porque Leonor le había contado, que algo entre ella y Larrenchea se había quedado en fantasía. Cuando su mujer miraba con añoranza de nada al esposo de su amiga, le causaba gracia por el esfuerzo que hacían por disimular el pasado que no existió; ternura, porque Leonor no había logrado el amor de verdad; y algo de celos porque al final las mujeres habían de pertenecer a sus hombres. Empezaba a colarse hasta por la cantera el calor de la ciudad que refulgía en abril, y tía Leonor y el Ingeniero se preparaban para emprender una gira de varias decenas de días por Europa.

Al saber del viaje en puerta de Leonor y el Ingeniero, Larrenchea describió, casi como en clave de Fa, cómo en otra vida había conocido a dos primos en Veracruz. Cómo se había hecho amigo de ellos entre las olas y cómo la marea los había llevado a destinos discordantes. Entre las anécdotas que le erizaron la punta de la nariz a Leonor mientras humedecían las memorias de Sebastián, contó cómo supo que su amigo Cipriano había muerto. Poco le importaban ya las implicaciones groseras de ese adverbio a mi tía, si bastante le habían atormentado durante los años que llevaba extrañando a su hermano. Le afectó, eso sí, enterarse de que había sido Sebastián quien había indagado el paradero del cuerpo; que había sido este hombre noble, que se le había presentado tarde en la vida, quien había estado desde temprano bordando las pistas para llevarle a su mamá la paz que nunca pudo tener. Y, como adelantándose al maremoto que estaba ocasionando, Larrenchea venía con el relato ensayado, pues en cuanto dejaba caer los ánimos, los volvía a levantar con algún recuerdo gracioso o un clímax narrativo que le iba ahuyentando las cruces a mi tía.

Sebastián, a pesar de estar exponiendo el pasado, no se encauzó en lo que ya había sucedido y detalló cómo el amor de la vida de su amigo Cipriano, de haberse encumbrado en la vida galante, ahora tenía una "casa de estilo" que era la envidia de Bruselas. Quizás, en ese viaje en que sus amigos iban a recorrer los caminos férreos del ombligo de Europa, podían darse una vuelta para entregarle alguna carta escrita por él a Seraphine Decharneux, sugirió ante la diplomacia afirmativa del Ingeniero y el agradecimiento silencioso de mi tía Leonor por este inesperado regalo que le estaba soltando.

Al Ingeniero las edificaciones europeas le llenaban el alma mientras sus caminos le atiborraban el horror; a él le gustaba la amplitud y la practicidad de las carreteras gringas, y los entresijos europeos le daban escozor en la claustrofobia. A Leonor, en cambio, todo en Europa se le hizo fábula: los castillos de España, los jardines alemanes, los ríos franceses, los últimos pasos hipotéticos de su hermano. Bélgica les quedó a mitad del viaje y, bajo las aquiescencias del embajador mexicano, consiguieron una cita para Leonor en Nos Bijoux, el salón que Seraphine había abierto con financiamiento del tesoro que le había heredado su Cipriano.

El hotel estaba a un suspiro de la Grand Place y muy cerca del salón de belleza de Seraphine. Desde los días previos, Leonor había encontrado cualquier pretexto para pasear y tratar de esbozar, sin éxito, a quien había sido su inédita cuñada. Entró dos veces a la pequeña tienda vecina donde aprovechó para comprarse un brasier que le causó horas de felicidad al Ingeniero, no por el efecto que generaba en el cuerpo de su esposa, sino porque le entretenía el mecanismo de los ganchos que le abrazaban la espalda. A Leonor, en cambio, lo único que le tenía la mente absorta eran las ganas que le quemaban por conocer a Seraphine. Al llegar, una mujer bajita y menuda le sostuvo el abrigo y le preguntó si era la Madame Mexicaine. Mi tía no terminaba de entrar cuando otra mujer, con más estatura y mayor volumen, advirtió que ella se encargaba desde ese momento. Los pocos años de sesiones diarias con Madame Gerard colocaban a Leonor en una situación cómoda para entablar una buena comunicación. Después de elogiarse mutuamente, Seraphine la convenció de hacerse un *garçon*, total, mi tía nunca había llevado el cabello largolargo y le importaba poco pasar tres horas con los menesteres del permanente, si lo que le hacía más ilusión era observar a esta mujer.

Al terminar, Seraphine le alabó el tono de piel trigueñito que daba la pinta de un verano de playa. Una playa, le dijo a Leonor, que acaricia como la brisa caliente. ¿Sabe? Los mejores días de la vida, sin duda, se encuentran en la añoranza. Yo tuve un amor que todavía tengo, y también tenía piel de costa. Algún día, este encuentro se nos hará igual un bello recuerdo, porque dos personas que han amado tanto a la misma persona no pueden sino quererse también. *On va rien dire, mais on se dira tout.* Y, sin decirle nada y diciéndole todo, la fundió en sus brazos. Al irse, Leonor sacó del bolso su tarjeta y la carta de Larrenchea que, para estas alturas no era sino una adenda, y le suplicó a Seraphine que se mantuvieran en contacto. Un par de pasos después, Seraphine se asomó a la calle agradeciéndole de nueva cuenta a Leonor su visita. Pero algo en la dicha de mi tía le indicaba que, en realidad, era ella quien estaba agradecida por saber que los últimos meses de vida de su hermano habían sido felices por la presencia contagiosa de esta, hasta hacía poco tiempo, impensable mujer.

A mi tía Leonor le cayó de perlas que, al terminar el mandato del General, el hombre decidiera retirarse de la vida política, de la ciudad y de su cama por un buen rato. Se dedicó, feliz, a viajar con el Ingeniero por el país y el mundo, a hacer amigos y a disfrutar de los que ya tenía: sin rendir cuentas ni pleitesías. Estuvo plena ese largo tiempo sin el General. Claro, lo extrañaba lo suficiente como para ponerle buena cara un par de veces al año en que el hombre viajaba a la capital, pero sudó frío cuando supo que regresaba a los reflectores de la política nacional porque eso implicaba muchísimas cosas, entre ellas que lo tendría otra vez metido en sus días cuando se le diera la gana. Poco tenía ya en común con él (si acaso alguna vez había tenido algo): la costumbre, la historia vivida y el recelo mutuo. En el lapso de ausencias había dejado de recordar su olor y cómo se le enchinaban las ideas cuando oía su voz. A veces sentía que lo único que extrañaba del General era la juventud y la inocencia que se le habían gastado a su lado. Había perdido el interés por conocerlo más y, peor aún, había perdido la ilusión de que él fuera el testigo de su vida; vamos, ya no soñaba con él ni dormida ni despierta y, quizá, sentía cierta añoranza medio bipolar por el amigo que nunca había sido. Era como si el corazón se le hubiera anestesiado y de la gran pasión que había sido el General en su vida, ahora, si bien le iba, sólo quedaban suspiros machucados.

Por esos años, mi mamá, que había sido la luz de los tíos Consuelo y Ventura, se casó y el amor se la llevó a iluminar la capital, explicaban. Alicia se había comprometido tarde, a los veintiún años; eso sí, no perdió el tiempo, diría, pues me tuvo a los veintidós. Muchas veces pensó en buscar a mi tía Leonor, sabía que estaba en la ciudad, en una posición acomodada con vínculos estrechos con gente poderosa, pero no la veía desde que tenía nueve años, nunca había intentado comunicarse con ella de ninguna manera. Alicia, con la decepción a cuestas, asimiló que era mejor no acercarse a su hermana, aunque le pudiera muchísimo el olvido en que la había sumergido. Se escribía con Tomás, sí, pero en realidad la diferencia de edad, de geografía e intereses les había hecho un abismo constante en la relación.

De todas formas, le dolía que a sus hermanos su futuro les hubiera sido tan absolutamente indiferente. Ellos sabían tan bien como ella que amparo con Ventura y Consuelo nunca le faltaría, que sería una más en ese nuevo y familiar clan. Pero a mi mamá el rechazo tan visible de sus más allegados siempre la afligía y, como no le encontraba explicación, dejó de buscársela y se tragó en cuanto pudo los recuerdos de su primera familia. En cambio, buscó al General para informarle que, después de la muerte de Ventura, Consuelo necesitaba tratamiento especializado: el cáncer indómito era un cúmulo de protuberancias que no les daban tregua ni a la angustia ni al estómago. El General envió notas personalizadas para que fuera ingresada en el hospital militar de la región, donde recibió la mejor atención paliativa antes de morir. Siguió personalmente el caso hasta acompañar un rato en el sepelio a mi mamá y al titipuchal de hijos y nietos que habían acumulado Consuelo y Ventura en su paso por la vida.

Nada de esto le decía el General a mi tía Leonor. Nada de su familia, pues. Y tampoco era como si ella estuviera preguntando, entonces de eso no hablaban; aunque en realidad pocas eran las cosas que se decían cuando el General la visitaba. Ya mi tía ni le discutía sus arrebatos, como cuando al General le rebasó la repugnancia al ver a Leonor usando un brasier. ¿Qué es esta cosa? ¿De dónde salió? No lo vuelvas a usar; no me gusta y te ves mal. El General sabía que en el México en el que vivía los presidentes se hacían a balazos, e intuía que su destino iba hacia allá; quizá por eso en esos tiempos andaba con el humor disparejo. Le caía gordo todo, sobre todo el país que pretendía volver a gobernar y por el que andaba de gira en gira y de reunión en reunión. Esa noche, en particular, le daba lo mismo estarse comportando como un imbécil integral. Durante la cena que había organizado mi tía para el recién estrenado embajador de España, Leonor contó sonriente la sorpresa que se había llevado el Ingeniero cuando, días antes, le había comentado que su gran ilusión era trabajar. A mi tía Leonor la habían criado para ser escuchada en un mundo en el que las mujeres sólo nacían para ser vistas, pero mi tía tenía ganas, capacidad y energía para hacer cosas.

Sin embargo, el infortunio venía junto con pegado, porque en sus tiempos la sociedad mexicana se encargaba de replegar muy bien al sexo-débil bajo el cobijo del hogar, y eran pocas las que salían en fotos o se notaban de alguna forma pública. Leonor contó que días atrás, durante el desayuno, le había informado al Ingeniero que estaba buscando trabajo y que la habían invitado a participar en un proyecto de la revista heredera de *Mujer Moderna*. El Ingeniero la había mirado con auténtica sorpresa y cuestionó lo que seguía preguntándose: ¿para qué quieres salir a trabajar? ¿No tienes suficiente con llevar la casa, no te bastan las caridades, necesitas otra cocinera? Leonor había comentado la anécdota buscando el apoyo de la esposa del embajador, que traía también una intensa agenda sufragista, pero quien se adueñó del podio fue, claro, el General.

—¡Pero qué ocurrencias, qué podría hacer mi ahijadita que no fuera dar órdenes en la cocina e irse a peinar! —lanzó como una flecha que se le clavó a Leonor en la felicidad y, esperando a que los demás terminaran de reírse junto con el General, cambió de tema para la posteridad. Su furia contra el tipo era tan grande que podía quemar cenizas. Casi al término de la cena, el General procuró quedarse a solas con Leonor y advertirle que pasaría al día siguiente a visitarla, mientras ella sumergía los pies en el parquet hasta sentirlo en la coronilla. Por primera vez, la confianza en las palabras de mi tía tuteándolo le cayeron como bomba al hombre, al tiempo que le apachurraron un poquito el ego. Ya no.

—¿Cómo que ya no? ¿Ya no qué?

—Ya no vas a venir, ya no vas a estar así en mi vida. Se acabó.

—¡Vaya! —se rio incrédulo—. Bueno, pero si tu españolete se casó con tu mejor amiga y se te fue, lo único que se me ocurre para que ya no quieras estar conmigo es que te enamoraste del marica —le dijo el General medio sonriendo dentro de su sorpresa. Leonor soltó una risa corta, casi un sarcasmo, mientras se alejaba de él: "No, me enamoré de mí y ya no te quiero así en mi vida". Con tal de que te vayas, aunque te vaya bien, pensó recordando a su mamá diciéndolo y por un instante la remembranza de su madre la quebró, pero se volvió a acicalar el valor e insistió: ya no. Adiós a las cosas malas y a las buenas porque todas duelen, hasta las pupilas que hacía tiempo habían dejado de dilatarse cuando lo veía y ahora le fruncían por igual los párpados y el carácter. Mejor así: con despedida de hasta nunca y no de hasta luego como siempre. Mejor así: sin él y con ella.

Al General le había perdonado casi todo y cualquier cosa hasta esa bendita noche en que se dio cuenta de que lo hacía porque al final era ella quien necesitaba perdonarse. Que buena parte de su existencia había sido su peor jueza y no había logrado indultarse por el rencor que le guardaba al destino, por el abandono de sus sueños, de su pasado, de su vida, por el mal uso del tesoro, por haber vivido tantas mentiras hasta ser capaz de creérselas. Por no haberle entendido a su mamá que ella importaba, que era su tesoro; que había sido preciosa, que valía más que lo que aquel hombre había estado dispuesto a regatearle. Que, tal vez, podría volver a ser valiosa para alguien, quizá hasta para ella misma. Se dio cuenta de cuál era el valor que necesitaba para liberarse. Ya no, y era mejor así.

—Tu hermana, Alicia, vive en México desde hace varios meses, está casada con un obrero de Ferrocarriles y tiene una hija; tu tío murió en el '26 y Consuelo falleció el mes pasado, fui al sepelio —la hirió el General poniéndole pausa a los pasos que apresuraban la ruta de Leonor hacia el vestíbulo.
　　—Eres un desgraciado —atinó a decirle sin saber que ésas serían las últimas palabras que le dirigiría.

Lo esporádico de las cartas de Tomás era cada vez más proporcional a su efusividad. Había renunciado al sacerdocio después de haberse enamorado, en Quetzaltenango, de una viuda ya mayor. Junto a ella había inaugurado un albergue de huérfanos a quienes se les instruía en historias de santos y producción de chocolate. Leonor le escribió que Alicia estaba en la ciudad; que Alicia, su marido y su hija estaban viviendo en la ciudad porque ya no existían los tíos. Pero qué te digo yo, si seguro ya lo sabes, Tomás, y procuraste decírmelo mientras yo miraba hacia otro lado. Aun así necesito decirte, también, que el General me contó que, además, nuestro cuñado es obrero de Ferrocarriles (¿sabes tú su nombre? El lunes a primera hora iré a la oficina del secretario del General a ver si alguien me da informes, no quiero mortificar a mi marido con esto, imagínate que se entera de que abandoné a mi hermana, qué va a pensar de mí, yo ya no sé ni qué pensar de mí, Tomás, ¿tú qué piensas de mí, qué crees que piense tu Dios de mí?). El General también mencionó que a duras penas viven bien, ¿qué hago, Tomás? ¿Valdrá la pena involucrar a mi marido para que nos ayude a darle un puesto mejor, para averiguar más del desconocido integrante de la familia? Pero cómo le digo que tengo una hermana de la que me desentendí, se preguntaba mientras desechaba los manuscritos y el remordimiento para otro día. Mejor no, se repetía, mejor dejamos las cosas así.

Tuvo que rogarle a Comillas para que le diera la dirección de su hermana, porque el General no quería ni escuchar el nombre de mi tía. Leonor espió a Alicia un par de meses sin juntar el valor para presentarse frente a ella, para conocer a su bebé —la única sobrina que tendría—. Le gustó verla sana, sonriente, alegre: como todo el tiempo había sido, hasta en sus recuerdos; contagiando sonrisas a su característico e insufrible paso lento. Se aprendió sus rutinas y sobornó a sus marchantes abriendo cuentas para que le dejaran los productos más baratos o, de plano, se los regalaran; contactó a la portera de la vecindad donde vivían, cerca del monumento a Colón, para pagarle por adelantado y en secreto meses de renta, y que a ellos les vendiera la farsa de algún descuento por buenos inquilinos. Quería hacer más, pero no sabía ni qué, ni cómo.

Había ido de compras al Centro, y estaba tan ensimismada que no escuchó al voceador de *El Universal* gritar sus miedos al público. Fue hasta que vio a la gente correr y sintió la pesadumbre generalizada en el ambiente cuando notó que no había señas de Abelardo, su chofer. Entró a una mercería para preguntar qué estaba sucediendo, pero no necesitó hablar pues en el mostrador varias clientas y las dependientas leían aterradas el titular del vespertino que les recordaba los horrorosos presagios de su pasado reciente: el General acababa de ser acribillado. Caminó, desorientada y con poca respiración, hasta toparse con unos concheros que bailaban concentrados en sus pies sin preocuparse por los de los demás; les tuvo envidia porque ella hubiera querido también estar en ese trance, pero en ese instante no podía ni gobernarse a ella misma, mucho menos hubiera podido sostener algún ritmo. El olor a copal le asfixiaba hasta las lágrimas licuadas de la tráquea.

Quiso encontrar algo para detenerse y, como no pudo agarrarse a su dignidad, se venció en la primera columna del atrio del Templo de la Enseñanza. Allí, llevándose las manos al cuello, se hincó bajo la Virgen del Pilar a pedir por el General, y a implorar por encontrar precisamente eso: un sostén para su vida. Allí, de rodillas frente al Cristo en la cruz, entendió el concepto del libre albedrío y supo que era su momento para decidir salir del infierno al que se había metido trece años atrás en la soberbia de no poderle llorar a su mamá, de no entender que un duelo es saber que todo puede ir bien aunque nada vuelva a ser igual. Se dio cuenta de que, durante mucho tiempo, había estado viviendo por hábito y comiendo por disciplina, y esa realización fue su punto de quiebre para enfrentar sus errores y, por fin, tomar fuerzas para enmendar los que pudiera. Había perdido el aplomo de quienes ignoran sus culpas y su conciencia no la dejaba en paz. Sus propios dichos se le reflejaban en cachetadas porque sabía que nadie, ni ella, era inmune a la ignorancia propia y por fin se daba permiso de analizarse.

Un recuerdo torcido y macabro de pronto la obligó a mirar la cantera del recinto como si fueran las paredes del convento de Bucareli y se dio vergüenza, pensó en su mamá y sintió que no sólo no estaría orgullosa de ella, sino que tendría pena de llamarla su hija. Sintió cómo se le adueñó la prisa erupcionada para recordar sus sueños, sus lágrimas, por sacar el vacío que se le había formado en el corazón, y enfrentarse a la nada para aventarla por siempre al carajo. Después de un Ave María machucado a causa del correcto funcionamiento de la amígdala y de tanta abstención de ritos en su vida, sólo atinó a subirse al tranvía de Donceles y a llegar hasta el portón donde volvió a hincarse, esta vez rogando por un perdón postergadísimo.

Leonor tocó a esa puerta como quien busca el oxígeno para vivir. La realidad dejó de estorbarle e imploró desde una voz que desconocía como suya: perdóname, Alicia, perdóname por favor, le suplicó desde las rodillas mientras su hermana, desconcertada, la tomaba de las manos y la sentaba en el sillón para ofrecer el abrazo que en el pasado tanto había querido recibir. Sus caricias sonaban a terciopelo y sabían a chocolate caliente, entonces Leonor no pudo más: el mar que había contenido tantos años en la frente empezó a verterse limpiando el cuello, los hombros y el remordimiento. En ese instante, Leonor se dio cuenta de que uno puede vivir sin reír, pero no puede hacerlo sin llorar, y al haberse tragado sus lágrimas, algo había muerto en ella y de pronto renacía en la humedad. Eran borbotones que aterraban a mi mamá; gota a gota agolpándose una a otra para vaciar el listado de culpas que traía perdido y que ahora había encontrado la salida.

Necesitaba exculpar sus egoísmos y pudo, por fin, dejar de esconder sus escrúpulos en el ayer al sostener a su hermana para no soltarla más. Porque había perdido el tiempo para estar con sus tíos, con sus primos, con los suyos. Porque Alicia era la extensión del amor perenne de sus papás; porque Alicia, y esa niña que llevaba en los brazos, eran su redención y se convertirían en la columna de su existencia: el sostén que le había pedido a la Virgen del Pilar.

En casa de Alicia y llorando, por fin, supo que ese dolor no era tanto por el General sino por la pesadilla que había sido perder a su madre. Se dio cuenta de que, en realidad, el amor de su vida no fue el General, sino mi abuela. Y que llevaba más de una década sintiéndose sola para siempre, vulnerable sin la incondicionalidad, la caricia que curaba cualquier mal y la sonrisa eterna de Teresa. Porque con su mamá, y a pesar de la guerra, del hambre y de la pobreza, no le había faltado nada y sin ella le faltaba todo. Había tenido una infancia pobre, pero como no tenía sensibilidad de eso era muy feliz. Lloró después por eso, porque creció y, cuando adquirió conciencia de clase, quiso tener las riquezas que tenían los demás y ahora sólo hubiera querido tener lo que tenía entonces: le faltaba una persona y le sobraba todo el mundo. Porque su madre había sido el mayor privilegio de su vida y ni cómo mentarle su *ibid* a Dios por habérsela quitado tan pronto; porque la de su mamá había sido una muerte tonta, como la de todos los seres queridos. Alicia la escuchó y, sin liberar sus manos, trató de consolar a su hermana mayor afirmándole que, aunque su cuerpo se hubiera acabado, su amor era infinito.

—Amar es también dejar ir, Leonor. Lo primero que hace una madre cuando tiene un hijo es ver que respire bien y luegoluego corta el cordón umbilical que une ambas vidas; ése, Leonor, es el acto de amor más grande: dejar ir. Por eso se queda uno con el ombligo puesto, porque es la cicatriz del nacimiento, una que nunca debe cerrar para que siempre recordemos de dónde venimos; a mí todavía me duele allí cuando recuerdo a mamá, pero ella hace muchos años, por tu bien, te dejó ir. Ahora te corresponde a ti hacer lo mismo: deja ya que se vaya. El amor es un proceso y no un suceso, tienes que entender también el adiós de mamá como parte de su historia contigo.

Después de escuchar a Alicia, su hermana supo que tenía razón: su mamá le dolía constantemente, sobre todo en el pecho y en las noches, y ahora era el momento de desengancharse porque, también, había sido tan buena madre que para muchos menesteres se había vuelto innecesaria. Atrás de los oídos escuchaba a Teresa susurrándole en su siguiente vida que no por romperse dejaba una de ser. "Aprendiste a caminar después de caerte decenas de veces: eres determinada", le había dicho hacía tiempo. Recordándolo, sintiendo a su madre viva, dentro de ella para la eternidad, encontró la fuerza para levantarse, para dejar ir a sus muertos, apropiárselos para siempre y reparar la relación con los vivos que todavía le quedaban.

Leonor se presentó al día siguiente en casa del General a darle el último adiós y, cuando vio el ataúd en medio del salón, la cachetada y el enojo se le fueron para otra vida y sólo pudo murmurar un agradecimiento interno. Qué importaba si habían sido una o mil balas las que le habían entrado al cuerpo para extinguirle la respiración, ella no necesitaba ver el cuerpo del General porque para ella se había muerto hacía tiempo, cuando dejó de pronunciar su nombre y de no acordarse de él ni cuando soñaba. Prefirió quedarse con el recuerdo vivo y saber que, aunque muy a su modo, la había protegido y guardarle rencor sólo la afectaría a ella. Además, estaba tan cansada que no le quedaban juicios de valor para nadie más. Entonces, despidiéndose del General y agradeciéndole su coincidencia en vida, lo perdonó para no tener que irlo cargando también ahora que ya estaba muerto.

Cuando se acercó a su esposa, ésta la abrazó para murmurarle al oído los gritos que llevaba años sofocando: no vuelva a poner un pie en esta casa, Leonor, yo sé bien cuál era la relación que tenía con mi marido, pero usted sólo fue una adenda en su vida y ahora ya nada la vincula con él, mucho menos con nosotros, así que por nada del mundo la quiero cerca de aquí de nuevo. Y, con la elegancia que la caracterizaba, la despachó para siempre sin que nadie se enterara. Algo intuyó el Ingeniero que, sosteniendo el brazo de su mujer, la llevó a la casa que compartían.

Perdóname, perdóname, por favor, le suplicó Leonor al Ingeniero mientras le confesaba la existencia de mi madre, de la mía, de todo el pasado que le había silenciado. Y, después de sentir el dolor al escuchar la confesión que su mejor amiga le había postergado, él la acompañó sin reproches y con el ánimo abierto a conocer a su inesperada y bienvenida nueva familia.

CAPÍTULO XV

El Ingeniero y mi tía siguieron viajando y sorteando los acomodos políticos enmarcados en un matrimonio que duraría más de cuarenta años hasta que el hombre enfermó del dedo gordo del pie. Trataron de ayudar económicamente a mis padres, pero el orgullo de papá fue más grande y no aceptó siquiera un ascenso laboral por compadrazgo. A mí, en cambio, me dejaron recibir lo que ellos se negaron a tomar. Pasé todos los sábados que recuerdo bajo el auspicio, el escrutinio y los consentimientos de mis tíos. De ella aprendí muchas cosas mundanas, como comer con diferentes cubiertos y con servilletas de tela; a continuamente llevar los zapatos boleados y a nunca mascar chicles, cruzar las piernas o decir groserías. Me daba algo de dinero cuando la visitaba y me tocaba leerle despacio novelas rusas del siglo XIX (nunca más de un capítulo, jamás menos) o acompañarla a pasear a sus perros.

Pero, sobre todo, le aprendí que no hay árbol que el viento no haya sacudido, y que si te caes tres veces, te levantas cuatro: lo único importante es siempre mirar hacia adelante. No me faltó nada y, cuando mi mamá se negó a recibir herencia alguna de mi tía Leonor, yo seguí sus firmas sin hasta la fecha tener arrepentimientos, porque me quedé con lo mejor: los libros y la educación que me legaron, pero en especial con el cariño digno de la descendencia que nunca habrían de tener.

Muchas décadas después, mi tía moriría como lo había hecho mi abuela: con dos mujeres junto a su último suspiro. Tuvimos la suerte excepcional de sentirla yéndose en nuestros brazos, en nuestras lágrimas. Ni mi mamá ni yo lo mencionaríamos, pero ambas escuchamos claritito cómo pasó la madrugada previa pronunciando rítmicamente el nombre del General entre muecas de dolor; de lo que sí hablaríamos para toda la vida sería de la última sonrisa que exhaló el cuerpo de Leonor Burgos. De cómo su aliento de paz nos dejaba claro que se estaba yendo, pero que no se iba sola porque estaba viendo al espíritu que añoraba tanto y que ya, por fin, era libre y que estaba mejor así.

Y el tesoro...

Dicen que eran tres cofres y sólo se gastaron dos. Cuentan que en las noches en que el viento está calladito, el espectro de una monja lo cuida; dicen que es la madre Pachita que viene a rogar por un buen uso de él. Yo sé, en cambio, que es mi tía Leonor, procurando resarcir sus errores de cálculo, aunque en el fondo una voz me insista en que los fantasmas no existen y que, quizá, mi abuela fue testigo infantil de cuando dos frailes y una monja enterraron tres cofres y tuvo a bien generarse alter egos para que otros informaran el hallazgo. Dicen que cuando sopla el vendaval de invierno, la sierra huele a chocolate caliente y se escuchan voces que recitan refranes que se oyen como cantos de santa Cecilia. Dicen, también, que a veces el viento exhala tan fuerte que levanta la tierra como si fueran cenizas de un incendio, salpicando a quien la camina porque no hay cosa más democrática que el polvo que nos grita en cada paso de dónde somos y adónde regresaremos. *Quia pulvis es et in pulverem reverteris, quia pulvis es et in pulverem reverteris.*

Y al polvo regresaremos de Ana Lucía Guerrero
se terminó de imprimir en septiembre de 2021
en los talleres de
Litográfica Ingramex, S.A. de C.V.
Centeno 162-1, Col. Granjas Esmeralda, C.P. 09810
Ciudad de México.